直挂云帆济沧海

——资源融资战略分析

崔斌 著

商务印书馆

2010年·北京

图书在版编目(CIP)数据

直挂云帆济沧海：资源融资战略分析/崔斌著.——
北京：商务印书馆，2010.12
ISBN 978－7－100－07483－4

Ⅰ.①直… Ⅱ.①崔… Ⅲ.①矿业—融资—研究—中
国 Ⅳ.①F426.1

中国版本图书馆CIP数据核字(2010)第210309号

直挂云帆济沧海
——资源融资战略分析

崔斌 著

商 务 印 书 馆 出 版
（北京王府井大街36号　邮政编码 100710）
商 务 印 书 馆 发 行
三 河 市 尚 艺 印 装 有 限 公 司 印 刷
ISBN 978－7－100－07483－4

2010年12月第1版　　　　　开本 880×1230 1/32
2010年12月北京第1次印刷　　印张 7 3/8
定价：20.00元

崔　斌　　1970年生。1993年毕业于北京语言学院，获本科学位；2000年毕业于中国科学技术信息研究所，获管理学硕士；2009年毕业于中国地质大学，获博士学位。1993年以来先后供职于长城国际广告公司、中纪委监察部北京培训中心、瑞福德公司（任经理）、南光集团时代公司（任部门经理）、南光集团无锡南光纸业有限公司（任董事副总经理）。1999年至今在中国进出口银行工作，从事政策性信贷业务，期间曾赴科特迪瓦、加纳、贝宁、埃及等非洲国家常驻2年，现任公司处处长。在中国进出口银行供职期间，曾7次被评为全行优秀行员，2005年获中央国家机关青年奉献奖，2009年获全国金融服务明星奖。

序

　　经过近 30 年波澜壮阔的改革开放历程，跨入 21 世纪的中国以更大的步伐进入了快速发展时期，高速的经济发展要求，面对不断升级的国际贸易挑战，随着中国对外投资的日益增长，亟待解决的问题频频爆出。

　　崔斌同志先后在企业和金融行业工作，有近 20 年的实践经验，加之他常年驻外经贸工作的经历，对市场方向的把握较为准确，有着敏锐的国际视角，在本书中通过实证分析，阐述了矿产资源经济与国家宏观调控方式之间的关系，并指出要实现我国矿业经济的可持续发展，应立足国内面向国际，充分利用地球资源。"走出去"是矿产企业的重要发展战略之一，在国内供需存在日趋加大的缺口，中国应在世贸规则框架下以政策性金融为主导、综合运用组合金融手段，降低投资入门风险，更大力度地吸引社会资金参与，解决对外直接投资过程中的集资和风险防范问题。

书中以中国的钢铁行业为例，指出中国的钢铁行业集中度低，行业内之间无序竞争，削弱了钢铁行业作为买方在铁矿石价格谈判上的能力。国内银行近期推出的"并购贷款"政策，为钢铁行业按市场规律进行兼并重组创造了切实可行的条件。与此同时，还应加快金融创新、促进完善中国钢铁期货市场的发展，并对矿产企业参与金融资产投资进行综合风险测算。在完善矿产储备基金运作机制方面，建立矿产储备平准基金，具有稳定矿产品市场的效果。

中国的矿产资源开发与综合利用是一个摆在国人面前的崭新课题，陈旧的观念和运作模式已远远不能适应当前国内的经济发展态势，这本书应时而出，切合实际，金融的市场功能是否得到充分发挥，将影响着矿产资源领域的发展机制。

中国进出口银行北京分行行长　吴小华

目录 Contents

1 绪论

1.1 选题依据与意义

本书选题源自教育部人文社会科学研究应急公开招标课题"国际金融危机应对研究"中的子课题。作为该项目的骨干成员，笔者全程参与研究工作，在完成项目研究报告的基础上，把本人在项目中的主要研究内容和成果凝结成本书。

选择我国矿业经济可持续发展的金融支持作为研究课题，基于以下三个方面的考虑：

1.1.1 矿业经济可持续发展是我国当前急需解决的重要问题

矿产资源是人类物质生产的重要基础。在我国 92% 以上的一次能源、80% 的工业原材料、70% 以上的农业生产资料来自矿产资源。半个多世纪以来，特别是近 30 年来，中国矿产资源的开发利用支撑了中国经济的高速发展，但同时也引发了一系列问题和矛盾，亟待解决。研究表明，一个国家竞争力主要体现在科技实力和对战略性资源的控制力上，而二者结合便构成经济增长的主引擎。从 20 世纪七八十年代开始，很多发达国家就开始确立技术强国战略，同时又大力推行矿产资源储备和控制战略。根据相关统计，目前美国储备的矿产资源共有 63 类 93 种，已成为世界上矿产品储备品种最多、储备量最大的国家，美国尽管矿产储量潜在总值居世界首位，却对其本国矿床进行封存，并不惜重金购买国外矿床用于储备；法国更是从 1975 年起就建立了矿产品储备保护计划；而日本则通过控股、参股或者联合开发等多种方式在全球范围内加强对战略性矿产资源的攫取和控制。相比之下，虽然我国已探明矿产资源储量约占世界总量的 12%，居世界第三位，但优质能源和部分工业生产急需的矿种储量匮乏。我国探明的铝储量占全世界 2.7%，且铝土矿的品位差，开采成本高，而铝的消费量却占世界 30%；中国探明的铜储量占世界 0.54%，铜的消费量却占世界 26%；石油剩余可采储量仅占世界总量的

1.3%，若按人均储量算则更低。当前，中国已经成为全球矿产资源的主要消费国和进口国之一，并保持着较高的年均增长需求。我国的自有矿产资源难以支撑经济高速发展，同时由于我国对国际矿源控制力不足，主要矿产品国际市场定价权缺失，在国际矿产品采购中长期处于被动地位。

1.1.2 现代经济背景下，金融对矿业经济的渗透与影响日益加深

金融是现代经济的核心，因为现代经济是市场经济，市场经济从本质上讲就是一种发达的货币信用经济或金融经济，它的运行表现为价值流导向实物流，货币资金运动导向物质资源运动。在现代经济背景下，金融运行得正常有效，则货币资金的筹集、融通和使用充分而有效，社会资源的配置也就合理，对国民经济的健康发展所起的作用也就明显。经过30多年的改革开放，我国目前已初步建立了社会主义市场经济体系，金融深化程度也有较大提高。在现代经济生活中，货币资金作为重要的经济资源和财富，成为沟通整个社会经济生活的命脉和媒介，一切经济活动几乎都离不开货币资金运

动，金融联结着各部门、各行业、各个微观经济主体的生产经营，联系着每个社会成员和千家万户，当然在矿业经济所涉及的诸多领域中也发挥着重要作用。截止到2008年底，在我国国内的资本市场，矿产资源类上市公司已有100家；同时，在我国大型企业集团对外找矿买矿的过程中，银行也及时跟进，为之提供必要的中介与资金供应。在国际上，矿产品价格受金融机构行为的影响更为明显。2008年上半年，国际石油期货价格涨到每桶140多美元，如果按照传统的产业经济学理论似乎对此很难解释，因为实物市场上并没有出现大幅度的供不应求现象，而真正造成这些事件的背后"推手"就是国际金融炒家。对此，经济学家郎咸平指出：我们进入了一个前所未有的金融超限时代。在以2008年9月美国雷曼兄弟公司倒闭为起点的一场百年不遇的金融海啸中，国际金融市场剧烈震荡，涉及各地，引发包括矿业在内的实体经济迅速降温。目前席卷全球的金融危机将使世界经济格局发生重大改变，在国际经济分工秩序的重新划分中，我国矿业经济的发展也将面临着新的考验与机遇。

1.1.3 在世界资源新格局建立过程中，中国需要具有全面的战略矿产供应安全规划与系统化的金融政策配合

随着我国工业化、城市化进程的加快，对能源、重要矿产等战略矿产资源的需求量大幅度增加，其中，煤炭、钢铁、铜等矿产品成为世界上第一消费大国，受国内资源条件的限制，导致对石油、铁、铜、铝等战略矿产资源及其初级产品的进口量明显攀升。而近年来，国际市场石油价格大幅度攀升，铁、钨、铜、铝、铅、锌、镍、金等重要矿产品价格一路走高，使我国为此付出高昂代价。一方面是掌握着大量资源的资源供应国，另一方面是掌握着资源供应定价话语权的国际经济大国，这两方面的力量在进入 21 世纪后，逐步将资源问题演变为与国际金融和国际政治相互交织影响的复杂问题。中国要完成工业化，对资源需求的增长不可避免，规避资源高价位带来对经济的不安全影响，降低经济与社会发展的成本，就必须解决矿产供需矛盾。中国在新的世界资源分配格局中，如若想保障自身的发展利益不被侵占，就必须在国际资源分配的新格局中谋求和占有相应有利的地位。因此，中国建立以全球重要矿产资源供应安全规划为核心的矿业经济可持续发展战

略与金融支持体系，已是当务之急。

总之，研究探讨我国矿业经济可持续发展的金融支持问题，具有较好的理论与现实意义。具体表现在：一是近年来，我国矿业经济发展战略目标已经基本确定，关键在落实，而其中对于金融手段的科学有效运用尤为重要。二是我国金融体制改革目前正处于逐步探索、推进、深化过程之中，虽然已经取得了斐然的成绩，但同时也应看到仍有许多领域需进一步地改进与完善。本文尝试将两者结合起来，对我国矿业经济的可持续发展中金融手段与工具运用进行有针对性的系统的研究，具有一定的理论研究价值与现实借鉴意义。

1.2 矿业经济与金融关系的研究综述

1.2.1 国外情况

在国外，矿业经济研究有着较大差别。[1] 首先，在矿

---

[1]　吴尚昆、刘桦：《西方矿产技术经济评价模式》，《世界地质》2006 年 2 月。

业经济的研究对象界定上有差别。一般情况下，矿产品分
为三大类，即金属矿产、非金属矿产和能源矿产。在北
美，矿业经济学传统上都包含了这三组分类，即能源经
济学也属于矿业经济学的一部分；然而在世界其他许多地
方，矿业经济学只包括金属矿产和非金属矿产，而将能源
经济学视为一门独立的学科。其次，对矿业经济的关注程
度也有所差别。1996 年美国撤销了矿山局，将部分矿业
经济活动的职能转移到了美国地调局；2004 年宾夕法尼
亚州立大学的矿业经济专业停办；在此之前，西弗吉尼亚
大学和亚利桑那大学的矿业经济专业也合并到农业和资源
经济专业。但在美国和其他主要矿产品消费国的矿业经济
学发生消退的同时，矿产品生产国对矿业经济学的热潮在
高涨。矿产品生产国的政府机构如加拿大资源局、澳大利
亚农业和资源局、智利国家铜业委员会，对矿业经济学领
域的研究也予以广泛的支持。另一方面，在矿业经济研究
侧重点上也发生了一定转变。二战之后的早些年份，矿业
经济学研究主要集中于下列几个方面：（1）矿产品的市场
分析，包括价格和需求预测；（2）利用贴现现金流和其他
金融手段进行项目评价；（3）矿产品消耗和长期可供性；
（4）铝、钢和其他矿业的垄断和反托拉斯政策。后期，矿

业经济学将关注点转向了下列方面：（1）矿山开采和材料利用所造成的环境影响，政府政策和矿业公司的社会责任对控制环境影响所起的作用；（2）矿业对土著人和当地社区的影响；（3）不可再生矿产资源的可持续开发和利用；（4）矿产租金的性质以及矿产租金的分配政策；（5）矿产征税以及对私人投资的国家竞争；（6）矿产开发在经济发展中的作用，包括围绕资源诅咒"荷兰病"方面的问题，以及矿产一方面带来财富，另外一方面带来腐败和冲突，这两者之间的联系性问题；（7）新兴发展中国家矿产品消费以及对矿产资源的竞争问题等。

在矿业经济与金融关系分析研究方面，国外的文献较为零散。经本人收集整理，可以归纳分为以下三类。

1.2.1.1 针对矿产品贸易与金融方面的内容

这类研究的资料与实例较多，而且可追溯时期较早。如美国统计局所编著的《制造业、矿业和商业公司财务报告分析》[1]，每季一期，从 1947 年累计至今，详

---

[1] *Quarterly Financial Report for Manufacturing，Mining，and Trade Corporations*，参见美国统计局（US Census Bureau）数据网站，http://www.census. gov/ prod/ www/ abs/ qfr-mm.html。

细罗列分析了矿业与其他行业发展的相关数据及运行状况。施卓尔斯在《矿业的资本需求》[1]一文中分析了非油类矿产的贸易发展及资金需求，分析了自冷战以来跨国矿业公司的形成和资本结构的演化。近年来，跨国矿业公司并购加速，铁、铜、铝、锌、镍等产业领域已形成规模更大、实力更强的国际矿业巨头，进一步控制了全球优质资源储量、产能和市场份额，其中，世界前50名跨国矿业公司产值占全球矿业总产值的59.01%；世界铁矿石总产量为10亿吨左右，世界铁矿石国际贸易量为4.4亿—4.5亿吨之间，巴西CVRD、BHP和澳大利亚哈默斯利公司合计总生产规模为3.54亿吨，上述三家公司控制了国际铁矿石贸易量的80%。在当前矿业经济全球化格局中，国际铁矿石贸易已属极高寡头垄断型。文中指出矿产资源在全球的分布极度不均衡，目前全球矿产资源集中分布在巴西、澳大利亚、俄罗斯、印度等国家，而矿产资源的需求则主要来自美国、日本、英国、法国、德国等发达国家以及中国、韩国等新兴工业化国

[1] Strauss，Simon D. *Capital Requirements of The Mineral Industry*，1/1/2005，the online global mining and minerals library. www.onemine.org.

家。矿产资源分布和矿产品需求结构的不对称,使得矿产资源的全球配置成为必需。而矿产资源配置全球化的直接表现就是国际矿业巨头通过强大的综合销售能力和经营规模主导着国际矿业市场,在全球范围内调配国际矿产资源。之所以形成上述格局,与矿产品贸易全球化和矿业投资全球化密切相关。一系列大规模的兼并重组的背后是资本的魔棒在挥舞。而当前资本市场上的四大力量——石油美元、各央行外汇储备、私募股权基金和对冲基金——都在竞相进入矿业领域的资本运作。随着兼并整合的加剧,矿业的行业集中度得以大幅提升。据统计,规模在行业中居全球前10位的公司控制了西方国家70%的铁矿石、80%的锡矿、75%的铜矿、58%的金和57%的锌产量。前50名的跨国矿业公司产值占全球矿业总产值的59.01%,全球10大金属矿业公司的集中度已经达到33%。从而得出"大型跨国公司形成了寡头垄断,在全球矿产资源配置中处于主导地位,具有绝对竞争优势"的结论,他认为,在当今矿业公司与国际矿业资本融合从而控制矿业资源的今天,一个国家的投资银行的发达程度将在相当程度上决定一个国家在国际矿业市场上的地位。

1.2.1.2 以矿产为标的物的金融产品交易与价格研究

如哈姆菲瑞斯在《储备评估下的价格假设》[1] 一文中分析了美国矿业产品的储备变动对相应的期货期权等金融衍生产品价格的影响；而温原奇[2] 则通过应用 MATLAB 软件所构建的系统模型分析了国际石油价格与包括金融在内的多种宏观经济指数的关联。海姆斯[3] 分析了在资源类公司的股票投资时所应关注的问题与操作对策。另一方面，在矿业公司债方面，《美国企业债市场报告》（2009）[4] 指出，之前受雷曼兄弟倒闭影响的债券市场现在恢复了很多，债券的价格有所回升。雷曼兄弟倒闭时，完全是一个跳楼价销售，现在市场的气氛已经好了很多，从 2009 年 3 月份开始，高收益债券（俗称"垃圾债"，Junk Bond）价格开始有很大的回升。在全球银行体系"惜贷"心理严重的今天，美国企业债市场成为不少企业仅有的几条融资通道之一。2009 年 3 月至 4 月，

[1] Humphreys, David, *Price Assumptions for Reserve Estimation*, Reporting Mineral Resources and Reserves, October, 2003.

[2] Wenrich, K., The Price Forecast of International Petroleum with System Simulation Based on MATLAB/SIMULINK. 2007 SME Annual Meeting February 25-28 Salt Lake City, Utah.

[3] Hammes, John K., *The Challenge of Natural Resource Investing-A Mutual Fund Point of View*, Mining Engineering 2002, Vol. XXIV.

[4] 参见 https://www.advantagedata.com/。

已经有大量的国外矿业企业在美国企业债市场上发债融资，2009 年 4 月 17 日，挪威的一家石油开采企业在债市上发行了 5 年期及 10 年期企业债券，共计 20 亿美元；4 月 15 日，澳大利亚力拓公司发行了 20 亿美元的 5 年期债券，以及 15 亿美元的 10 年期债券。美国企业债市场是整个美国信贷市场的重要组成部分，美国证券与金融行业联盟（SIFMA）根据美联储的统计数据计算，2008 年美国新发行企业债券达到 7024 亿美元，债市每天的交易量达到 151 亿美元之巨。更重要的是，这个市场同时是一个国际性市场，每年有大量的外国企业在这个市场上发行债券，也有大量的国际投资者在此投资。可以说，美国企业债市场是一个全球经济的小型晴雨表。因此，矿业企业债市场的回暖或许是整个美国金融体系开始走向正常化运转的一个信号。

1.2.1.3 矿产、金融与地缘政治关系方面

近期影响较大的是威廉·恩道尔所著的《石油战争》[1]。在威廉·恩道尔笔下，1973 年的石油危机产生的背景首先是金融危机的压力所触发的：1969 年末，美国经

---

[1] 威廉·恩道尔：《石油战争》，知识产权出版社 2008 年版。

济开始衰退，从 1970 年到 1971 年，美国大幅度降低利率，结果投机"热钱"纷纷投向欧洲和其他地方，导致美元不断贬值。到 1971 年年底，美国官方黄金储备不及官方负债的 1/4，也就是说，如果国外所有的美元持有者都把美元兑换成黄金，华盛顿将没有能力满足这样的需求。作为应对，1971 年 8 月 15 日，尼克松宣布中止美元与黄金的兑换。此举单方面撕毁了 1944 年的布雷顿森林体系的核心协定。但即使这样，到 1973 年 5 月，美元的急剧贬值仍在继续。于是，84 位世界顶尖级的金融界和政界人士聚集在瑞典的索尔茨约巴登——瑞典银行业名门瓦伦堡家族的一个隐秘的海岛度假胜地，参加一个名为彼尔德伯格俱乐部的聚会，商讨对策。一场围绕石油的阴谋从会议上策划开来，这就是引发全球性的石油禁运，以此来大幅度提高世界石油价格。该书揭示了石油与美元联姻、轮动席卷全球财富的秘密，以独特的视角解析了石油危机等重大历史事件背后的真正原因。2003 年 3 月，在美国进攻伊拉克之前，威尔·史密斯（Will Smith）[1] 在德国《星期日法兰

---

[1] 转引自张运成：《国际"石油政治"迈入新格局——错综复杂的石油政治》，《时事报告》2005 年 6 月。

克福汇报》曾发表过一篇题为"石油和战争以及战争和石油的关系"的文章，称战争结束后伊拉克会出现一个亲美的政权，并将会不顾欧佩克的限制而大幅增加石油产量，结果将导致世界油价下降。文章的结论是，伊拉克将成为石油生产和出口巨人，将使世界石油市场发生巨大变化，甚至改变世界石油工业结构。释放伊拉克巨大的石油储备，世界经济将会享受到低油价的好处。因此，推翻萨达姆不仅消除了一个危险的隐患，而且拯救了世界经济。美国战前所宣称的发动伊拉克战争的主要理由，如萨达姆非法拥有大规模杀伤性武器等，并没有足够的证据，事实也证明是不成立的。但正是"战争—石油—世界经济"这个逻辑链，使得一些国家容忍甚至追随美国对伊作战。但从过去一年多来石油价格变动的情况看，这个逻辑也是错误的：其一，欧佩克成员国对整个石油事务的控制权很有限，并无力操纵世界石油价格。其二，说低油价符合西方的利益，也是有疑问的，至少是不准确的。中东地区拥有世界 65％ 的石油储备，是世界最重要的石油出口来源。20 世纪 70 年代，中东各国普遍对油田实施国有化政策，从西方大石油公司手中收回了石油的开采权，但把很大一部分石油的销售权授予了西方石油公司。其结果是逐渐形成了今天由英国石油公司、埃克森—美孚公司、英荷壳牌公司、德士古—雪佛龙这四大石油寡头垄断中东石油市场的局面。石油作为一种价格弹性较低的商品，它的主要利润不是来自产量，而是来自价格。高油价不仅对生产国有利，对西方石油公司同样有利。欧佩克成员控制产量，西方石油公司控制价格，二者之间实际上是一种同盟关系。影响石油价格波动最有效的方式，是地区的不稳定性。中东在过去的30多年里一直是世界上最大的军火销售市场，使得西方的军火工业也加入到这种石油联盟之中。同时，地区不稳定性也为金融投机提供了最好的机会。国际上的一些大银行、投机基金和其他金融投资者，通过远期商品交易，以一种非常隐秘的方式来决定商品的价格。据估计，目前世界上 2/3 的原油交易，是在伦敦国际石油交易市场以投机下赌注的方式决定价格的。那些被称为现货市场的交易活动，更是限定在一个很小的圈子里，局外人几乎一无所知。所以，高油价对于石油出口国来说无疑有利，但最大的受益者依旧是西方工业大国的石油寡头和金融投机商，这其中错综复杂的关系，很能反映当代国际政治经济的现实。

1.2.1.4 由美国次级债所引发的金融危机对矿业生产的冲击

如《世界金融危机对南亚矿业的影响》[1] 和哈尼的《矿产融资信心有助于克服金融危机》[2] 等，着重分析了金融危机对实体经济的冲击，进而引发生产萎缩及对矿产需求的大幅下降；面对这一严峻形势，矿产企业被迫限产、降价，以御寒冬；但同时这也是资源需求大国介入的绝好时机。而在标准普尔关于《美国次贷危机影响全球经济报告》[3] 中提出美国次贷危机可能会减少金属需求，加剧矿业风险。依据该研究机构的调研分析，美国当地主要的矿业开采和金属贸易、冶炼加工企业所面临的风险可以归纳为：（1）价格的起伏波动风险。自经济危机以来，美国国内经济的持续低迷已经致使以往不断走高的矿产品价格走势发生逆转。这同时会对这些公司自身的信用评级产生一定的负面影响，特别是那些通过持续的矿产品高价格挂钩而进行融资的企业。经济的不景气还会使工业产品相对滞销、生产开工率下降，从

---

[1]　The Impact of Global Financial Crisis on South Africa's Mining Industry. Metals & Mining Research Analyst Wonder Nyanjowa 2008.12.

[2]　Honey Madrilejos-Reyes：Mining Industry Confident of Finding Money to Finance Projects Amid Financial Crisis ，Business Mirror Tuesday， 20 January 2009.

[3]　参见 http://cidaiweiji.buildcc.com。

而减少对矿产品的需求，这样也会限制相关企业的实际盈利水平。(2) 财务上的不均衡。纵使在同一经济大环境背景下，对在整个行业中的具体各个矿业相关企业，其财务表现也可能还是有所差别。标准普尔研究机构指出，有些特大型的跨国公司，比如那些处于相对寡头垄断的国际大型矿业开采集团，可能受美国本土经济形势的影响会比较小，他们可能会主要以亚洲市场的需求为依托，从而仍会维持一定的利润水平。(3) 所谓的"中国因素"。标准普尔分析认为，中国为保持年 GDP 的一定比例的增长目标，有关投资及其需求对国际市场影响较大，而一旦中国投资需求和经济增长放缓将对国际矿业市场引致灾难性冲击，迫使世界矿业生产压缩，总体价格不振。该机构还认为，如果中国的出口和内需放缓，政府可能仍会刺激金属加工公司继续生产钢铁等制品，而不会完全关闭所有的过剩产能。这些由较低价格的原材料而生产加工出来的产品，其价格也应是相对较低，这就可能在世界范围进一步拉低相关初级产品的价格，进而影响到现有投资者的现金流和潜在投资者的参与意向。(4) 美国国内生产成本问题。标准普尔经研究指出，可能存在这样一种令人担心情况——如果美国经济形势尚未走出低谷的时候，也就是说美国国内的经营条件依然困难重重，而这时如果国外市场需求高涨，美国国内的生产商将会面对生产成本上升的不利局面。（5）促进行业购并。在矿业领域进行购并可以提高市场供应能力和谈判地位，同时也可进一步整合资源，更好地发挥规模经济和范围经济的优势。在现今背景条件下，矿业领域的购并不会止步，反而出于环境压力和战略角度上的考虑购并仍会继续，当然这时并购意图更多的是扩大业务供给能力以克服成本方面的压力。基于这种目标的购并，有可能是强强联合，也有可能是对具有较小规模储量矿业公司的收购，如2009年4月世界第二大黄金矿业公司——美国纽蒙特矿业公司（Newmont Mining）——参股世界第三大黄金矿业公司南非安格鲁－阿山提公司在澳大利亚西部 Boddington 金矿，持股 33%；2009 年 6 月又参股了规模较小的米拉马矿业公司（Miramar Mining Corp）。（6）过度的资本投资在市场资本紧张的条件下受限。由于对过去矿产品价格上升预期的惯性，许多公司上了一些过度资本支出的项目，而当危机来临之时，这些项目都正处于执行的中间阶段。不过，市场的疲软很可能会导致公司需要进一步付出更高的借贷资金成本来完成这些项目。（7）进口减少。标准普尔在研究报告中预测，为了应对危机美国政府会出台一系列的刺激经济政策，这一系列包括调低利率和扩大贸易逆差，这些举措会致使美元贬值，而美元贬值的连锁反应将是进口产品量减少，这将会保护国内生产免遭进口引发输入型价格压力的影响。

以上的国外研究文献，从不同角度深入地研究探索了矿业经济与金融发展的紧密关联，但由于资源条件与金融发展阶段上的差异，国外相关研究的背景与国内实际情况尚存在着较大区别，直接可以借鉴与应用的东西较为有限。

1.2.2　国内研究

综合归纳国内关于矿业经济与金融关系的研究，主要集中在以下几方面。

1.2.2.1　关于我国矿业经济发展战略与运用宏观金融杠杆配置资源问题

陈祥云[1]认为，未来 20 年中国要完成工业化进程，将面临经济快速发展和矿产资源消费需求进一步增长的客观压

---

[1]　陈祥云：《中国现代化发展与矿产资源消费关系研究》，《中国国土资源经济》2008 年 3 月。

力，同时国内资源保证程度将持续下降。因此，中国矿产资源政策的着重点应立足于保证矿产资源安全的供给渠道和供给水平。为达此目的，应立足国内，加强国际合作，建立新的地勘工作运行机制，依靠科技进步降低矿产资源消耗。李钢、陈志、金碚、崔云[1] 指出，2008 年 8 月中旬由国土资源部负责的《全国矿产资源规划》已通过了国土资源部、环境保护部、国务院发展研究中心等部门有关专家论证，除石油、重要有色金属等矿产资源储备外，特殊煤种（焦煤为主）将成为煤炭战略储备的先行者。下一步要加强对矿产资源开发利用的宏观调控，明确鼓励、限制等矿产资源勘查开采方向，提高重要矿产的持续供应能力。马正兵[2] 对我国金融及其发展变量与资本在产业部门的产出效率之关系进行了经验分析，归纳得出了几个重要金融变量与资本产出效率关系：广义货币存量对国内生产总值的比率是反映金融发展的恰当指标；金融对各产业部门的经济效率具有不一致的影响力，所以金融发展对经济增长具有非均衡性作用；通货膨胀

---

[1] 李钢、陈志、金碚、崔云：《矿产资源对中国经济增长约束的估计》，《财贸经济》2008 年 7 月。

[2] 马正兵：《我国金融发展与产业资本产出效率分析》，《重庆文理学院学报》2006 年 1 月。

对经济效率具有负效应，保持币值稳定与促进经济增长的统一，构成了货币政策的基本内容；利率不应只起"金融价格标签"功能，更应对配置资源、改进经济效率发挥基础性作用等。

1.2.2.2 关于矿业上市公司方面的研究

邱景平、邢军、宋守志[1]以矿业上市公司为样本，采用单因素方差分析法分析行业因素对矿业上市公司资本结构选择的影响，认为行业是矿业上市公司资本结构选择的一个重要因素；通过对财务特征因素进行研究，初步分析我国矿业上市公司资本结构的影响因素，认为公司规模和盈利能力等因素会影响到矿业上市公司资本结构的选择。邹永生[2]介绍了矿业资本市场的构成，包括出资者、资本经营者、生产经营者以及他们之间的联系，同时还分析了资本市场上矿业上市公司资本的转换和循环。邓中华[3]在界定矿业上市公司的基础上，主要从上市地点、上市公司

[1] 邱景平、邢军、宋守志：《矿业上市公司资本结构影响因素的实证研究》，《矿冶工程》2004 年 3 月。

[2] 邹永生：《矿业资本市场与矿业融资》，《中国地质矿业经济》2003 年 5 月。

[3] 邓中华：《我国矿业上市公司的分类与统计分析》，《长沙大学学报》2006 年 1 月。

的地理分布、上市公司经营的主要业务、上市时间等标准
对矿业上市公司进行分类分析。沙景华、谢蕾蕾[1] 运用统
计学中的主成分分析法，建立了矿业上市公司的绩效评价
指标体系，并利用 SPSS 统计软件，对 2007 年 30 个矿业上
市公司的绩效进行了实证分析与评价。方维萱[2] 指出，目
前国际矿业资本市场的资本流动主要趋势是：矿业资本投
入逐步向发展中国家和地区倾斜；短期投机性投资资本活
跃，资本流动速度加快；外商直接投资中，股权投资规模
扩大。与此同时，中国矿业投资向境外流动趋势也明显升
高和加快，成为国际矿业资本市场中的一股投资新趋势，
引起了国际矿业投资界与项目权益持有国家的高度关注。
矿业资本市场也包含了一般资本市场的基本要素，作为资
本需求者的资源公司、矿业公司和个体矿山是资本的主要
流入对象，同时也可以是投资人；政府在矿业资本市场上
具有双重身份，既是资金提供者，同时又具有监督和管理
职责；个体矿业业主是资金的供给者，另外的资金投资者
是一些投资机构或投资公司，如银行和其他金融机构；资

[1]　沙景华、谢蕾蕾：《矿业上市公司的绩效评价》，《中国矿业》2008 年 10 月。

[2]　方维萱：《加快建立中国多层次矿业资本市场》，《中国矿业资本》2009 年 1 月。

本市场包括中介机构（独立评估机构、会计事务所、律师事务所等）。在国际矿业资本市场的资本流动过程中，与资本流动过程有关干系人和中介机构因具有较完善的行业规则，可以协同研究和处理一些与风险投资有关的风险评估和风险管理。由于我国在这方面尚处于发展初期，在风险评估和风险管理上还需要建立与国际接轨的行业规则。

1.2.2.3 关于矿产勘探运用风险投资问题

李冬生[1] 系统分析和归纳了我国矿产地质勘查投资的现状，从矿产地质勘查高风险、高收益的特征出发，结合风险投资的相关理论，论证了构建矿产地质勘查风险投资运行机制的必要性和合理性，以及如何构建矿产地质勘查风险投资运行机制，提出了在我国构建矿产地质勘查风险投资机制的一系列配套措施与建议。李志民、邵球军[2] 对传统 NPV 方法进行了改进，并将其与实物期权联系起来，构建了体现管理柔性的矿业投资项目总体价值模型，并运

---

[1] 李冬生：《矿产地质勘查风险投资运行机制探讨》，《商情〈经济教育研究〉》2005 年 2 月。

[2] 李志民、邵球军：《实物期权方法在矿产资源项目投资决策中的应用》，《科技进步与对策》2006 年 6 月。

用延迟期权实例验证了模型的有效性。中国国土资源经济研究院[1] 研究表明，我国在矿产勘查阶段的流入资本金共有四种主要资本结构：第一种，资本金是主要来源于政府财政投入（如财政补贴、预算外专项勘查基金、政策性银行贷款、国有资产投资和预算内拨款等）；第二种，近年来一些大型内资矿业公司和外资企业资金投入力度逐渐增大；第三种，社会投资人（私人和民营企业、小型投资机构等）进入资本市场的积极性高涨，但"圈而不探"现象严重；第四种，上市矿业公司目前正在扩大直接融资的力度，在资本市场上开始筹集企业所需的勘查等资金。但是，矿产勘查与矿业投资主体和资本市场主力缺位现象依然严重。因此，加速成熟矿业资本市场建设，促进矿业权与资本市场对接路径畅通，是中国多层次矿业资本市场必然的价值选择。在此价值导向下，积极建立和发展主板、创业板、矿业板、柜台交易等多层次资本市场，并借助多层次资本市场的作用和金融工具，进行矿业权与运营资产整合和重组，减小美元汇率风险，促进人民币区域化国际货币

---

[1]　中国国土资源经济研究院编著：《商业性矿产勘查投资指南》，中国大地出版社2008 年版。

进程。通过建立与国际接轨的风险评估和管理的行业规则，从宏观上引导和建立中国矿业投资领域的风险控制体系，引导理性投资与金融环境安全运行，已成为中国矿业发展亟须解决的一个深层次问题。

1.2.2.4 关于提高矿产资源综合利用率问题

周兴龙[1]提出，循环经济的"减量化、再利用和资源化"的经济发展原则在我国得到了高度认同，已成为我国可持续发展的重要手段；矿业是国民经济的基础产业，矿业开发的特殊性决定了其发展循环经济的客观要求和现实需要，发展矿业循环经济对整个工业和其他行业循环经济的发展具有十分重要的示范价值和带动作用。张国良、路兴中[2]指出随着金融在社会经济体系中的作用日益突出，作为一种新的发展模式，矿产资源领域循环经济的发展必然离不开金融的支持。

---

[1] 周兴龙：《矿业循环经济及其物质流分析研究》，《昆明理工大学博士论文》2007年。

[2] 张国良、路兴中：《矿产资源综合利用及其金融政策研究》，《企业经济》2008年7月。

1.2.2.5 关于产业资本与金融资本的互动问题

东木[1] 指出：近年来国内产业资本向金融领域的渗透不断加深，产融结合作为金融市场上的一股新的潮流正越来越引起各界人士的关注。产融结合带来许多新的问题，而了解和分析产业资本金融投资行为的动机则是解决问题的关键和基础。王佳菲[2] 认为优化资源配置是金融在产业结构转换中的本质功能，作为现代市场经济运行机制枢纽的金融体系，在促进产业结构升级中发挥着重要的作用；转轨以后，随着我国金融部门由财政化向市场化的转变，金融在产业结构调整中的优化资源配置功能得到了改善，但也面临着新的困境，因而其功能有待于进一步提升。在具体的矿业产业资本与金融资本合作发展的分析方面，张兴民、邱景平、宋守志[3] 从理论上阐述产融结合的国际经验，认为产融结合是生产力发展的必然要求，同时介绍国内产融结合的现状及其发展的必要性，文中着重阐述了上

---

[1] 东木：《产业资本金融投资行为的动机分析及监管》，《金融理论与实践》2003
    年12月。

[2] 王佳菲：《金融在产业结构调整中的功能研究——兼议我国金融功能的增进与
    困境》，《理论与探索》2006年6月。

[3] 张兴民、邱景平、宋守志：《宝钢集团产业资本和金融资本结合问题初探》，《铜
    业工程》2003年。

海宝钢集团产融结合的成功经验，认为宝钢集团的产融结合对于其加快进入世界 500 强的步伐具有重要的意义。梁福成、聂志福、王健[1] 以西部煤炭经济发展为对象，研究如何贯彻和落实科学发展观，高度重视西部地区的环境安全和资源的合理开发利用，实现西部地区经济发展和人口、资源、环境相协调，统筹人与自然和谐发展，处理好经济建设、人口增长与资源利用、生态环境保护的关系，建设西部资源节约型和生态保护型社会。高鸿[2] 针对当前能源产业结构失衡的内在性矛盾，以山西作为资源型经济区域典型案例，分析研究金融在能源产业发展中的功能、作用和运作障碍，在此基础上提出运用金融政策支持能源产业发展的政策思路。

1.2.2.6 以矿产为标的物的金融产品交易与价格研究

陈炜[3] 以我国有色金属加工和生产类上市公司为样本的实证研究表明，公司规模越大，越倾向于使用金融衍

---

[1] 梁福成、聂志福、王健：《煤炭产业发展的金融支持，西部论坛》2004 年 6 月。

[2] 高鸿：《金融在能源产业发展中的路径选择》，《经济师》2005 年 10 月。

[3] 陈炜：《金融衍生产品使用影响上市公司财务政策与公司价值吗？》，深交所综合研究所 2006 年第 0133 号研究报告。

生产品；其原因主要在于规模效应，大公司在这方面具有信息和成本方面的规模经济。但同时指出目前我国上市公司使用衍生产品还处于初级阶段，公司使用衍生产品进行套期保值的数量和程度都不高，并且操作水平或风险控制存在问题，经常遭遇重大损失，多数公司还没有意识和能力进行有效的风险管理。奚炜[1] 针对铜期货选择权进行了分析，以铜生产加工企业为例，在 LEX 与COMEX 铜期货交易的基础上，设计提出了铜期货选择权这一更为灵活的交易品种。金洪飞、金荦[2] 以中美股票市场和国际原油市场的数据为样本，用 VAR 模型和二元GRACH 模型研究了中美股市价格和国际原油价格的收益及波动的溢出效应。研究结果表明，中国股市价格和国际石油价格之间既不存在任何方向的收益率溢出效应，也不存在任何方向的波动溢出效应；而国际石油价格的变化率对于美国股市收益率有负先导作用，并且两者之间具有双向的溢出。

---

[1]　奚炜：《铜生产加工企业的铜期货选择权实战交易策略》，上海期货交易所2007 年研究报告。

[2]　金洪飞、金荦：《石油价格与股票市场的溢出效应——基于中美数据的比较分析》，《金融研究》2008 年 2 月。

　　以上国内学者的研究成果使人们深刻认识到随着金融市场的逐步完善与发展，金融对我国矿业经济的影响日趋加强，这些研究对推动矿业经济可持续发展和相应的金融制度改革与管理创新具有重要的意义，但同时也存在着目标不明确、分析的系统性不足、政策的针对性和可操作性不强等问题，需要在今后的研究与探讨中进一步加以深化。

1.3　主要内容及结构

1.3.1　本书的主要内容与思路

　　本书研究我国矿业经济可持续发展的金融支持问题，在系统分析金融与矿业经济关联与影响的基础上，主要从以下三方面展开研究：

　　第一部分是立足国内，论述了金融通过资本市场、风险投资等多种渠道为国内矿业经济的稳定发展提供资金支持。

　　第二部分是支持"走出去"的发展战略，分析研究了商业性金融与开发性金融混搭配合一起应对复杂国际投资环境问题。

第三部分是探索并提出了促进综合配套改革，加强政策合力的若干建议。

具体研究思路见图 1—1：

图 1—1 研究思路示意图

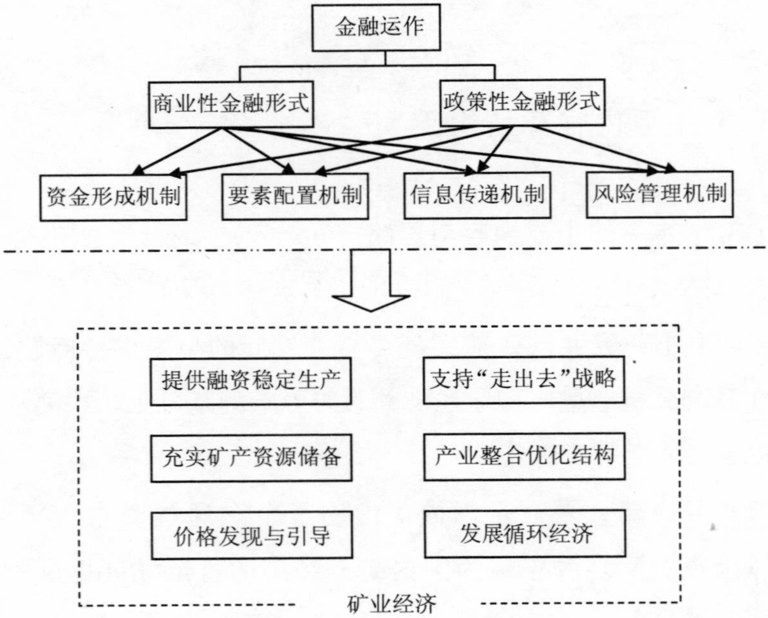

1.3.2 本书的体系结构

本书共分为五章，其结构见图 1－2：

图 1－2　结构示意图

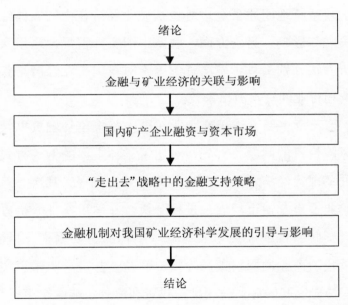

绪论

金融与矿业经济的关联与影响

国内矿产企业融资与资本市场

"走出去"战略中的金融支持策略

金融机制对我国矿业经济科学发展的引导与影响

结论

第一章是绪论，阐明研究工作的来源、目的、意义、国内外相关领域的研究文献和存在问题、论文研究的主要方案与创新点等。

第二章主要论述矿业经济与金融的关联与影响，从现代金融的功能来看，金融与矿业经济的关联是极为紧密的，金融从各个层面（宏观和微观），通过不同传导途径对矿业经济产生较为明显的影响作用。本章一方面从现代金融对经济增长、产业结构、企业投资的一般性分析入手，从理论上较系统地阐述了金融对包括矿业经济在内的实体经济的关联与影响；另一方面，联系中国实际情况，运用实证分析方法分别测算了矿产资源因素对我国工业经济增长的影响和行业间资本溢出系数。

第三章主要论述矿产企业在国内资本市场融资以及运用风险投资的问题。首先，对比了三种主要的融资方式并实证了现代经济背景下融资方式的演化过程。其次，对我国矿业上市公司市场表现进行分析，并运用实证分析方法探讨影响我国矿业上市公司资本结构的主要因素。再次，分析我国商业勘探引入风险投资问题，并进一步采用实物期权法研究我国矿业公司勘探投资和海外收购的决策行为。

第四章主要探讨研究我国矿产企业在"走出去"战略中的金融支持策略问题。首先通过统计数据分析了我国矿业经济"走出去"战略的主要原因在于：一是国内供需存在日趋加大的缺口；二是在国际贸易方面，近年来我国对石油、铁矿石、铜金属等进口依赖度呈逐年增加趋势，尤其是石油和铁矿石对进口的依赖程度增加更快。其次，通过修正的"双缺口"模型，论证提出中国政府应在世贸规则框架下以政策性金融为主导、综合运用多种金融手段，降低起始风险点并吸引社会资金参与其中，来解决对外直接投资过程中的资金和风险保障这两大"瓶颈"问题。最后以国家开发银行支持我国矿产企业"走出去"为例，分析了政策性金融在支持我国矿产企业"走出去"的实践中的主要思路和操作方式。

第五章主要研究全面促进矿业经济和谐发展的相关配套改革。首先，分析了我国钢铁产业集中度低加剧了钢铁行业内企业之间无序竞争，削弱了钢铁行业作为买方在铁矿石价格谈判时的能力；应重组以有效地提高钢铁集中度，近期我国银行"并购贷款"的放闸，为我国钢铁行业按市场规律进行兼并重组创造了切实可行的条件。其次，提出了加快金融创新和促进完善钢铁期货市场发展建议。第三，论述了矿产资源储备与国家资源安全的关联性，在借鉴国外矿产资源储备经验的基础上，对我国矿产资源储备资金的筹措与运作进行分析，着重实证研究了矿产储备平准基金对资产价格的影响，论证了其所具有的稳定矿产品市场和降低矿产品市场波动性的效果。最后，提出了促进矿产

资源综合利用和循环经济发展的金融政策建议：基于循环
经济的商业银行信贷创新和开发性金融创新，以及发挥金
融市场功能理顺矿产资源价格机制。

第六章是结论，指出本书研究的最后结果以及不足，
并对进一步研究进行展望。

1.4 主要研究方法

1.4.1 文献史料先导

过去若干年来，关于我国矿业经济与金融方面的研究，
中外学术界积累了一笔丰富的材料。笔者努力收集整理这
方面相关文献资料，并加以必要的概括和梳理，以此作为
研究参考与借鉴。

1.4.2 理论研究与实证研究相结合

在进行理论的概括与归纳分析的同时，本书还着重就
我国矿业上市公司财务、对外收购的商业金融与政策性金

融配合、矿产品储备平准基金的运作以及企业从事矿产品期货风险防范等方面采用实证方法加以研究。

1.4.3 比较分析辅助

在分析研究时，本书比较了国内与国外矿产资源禀赋及金融制度背景与金融发展的相关条件，同时还对比分析了我国工业化发展的阶段性和钢铁业生产企业不同时期的市场集中度差异与组织变迁，从而在比较研究的基础上提出了加强配套改革，促进我国矿业经济可持续发展的金融支持的相关对策建议。

2 金融与矿业经济的关联与影响

2.1 现代金融功能及其影响的简要分析

2.1.1 金融功能与经济增长

金融是货币流通和信用活动以及与之相联系的经济活动的总称，广义的金融泛指一切与信用货币的发行、保管、兑换、结算、融通有关的经济活动，甚至包括金银的买卖，狭义的金融专指信用货币的融通。

在现代经济背景下，金融体系的功能[1] 可分为以下

---

[1]　罗伯特·默顿（1997 年诺贝尔经济学奖获得者）和滋维·博迪于 1993 年提出基于功能观点的金融体系改革理论，他们于 1995 年组织专门的研究小组研究，并将其成果集结出版了《全球金融体系：功能观点》一书。默顿与博迪认为，任何金融体系的主要功能都是为了在一个不确定的环境中帮助在不同地区或国家之间在不同的时间配置和使用经济资源。

五种:

2.1.1.1　清算和支付结算的功能

在现代市场经济中, 一个完整的支付过程主要由交易、清算和结算三个环节构成。即金融体系 (包括金融工具、金融系统、金融组织和相关的法规制度等) 提供了完成商品、服务和资产交易的清算和支付结算的方法。

2.1.1.2　聚集和分配资源的功能

金融体系具有的为企业或家庭聚集或筹集资金, 为企业或家庭的资源重新有效分配的功能。积聚或筹集资金可以有两种方式: 一种是通过金融市场直接筹集; 另一种是通过金融中介间接筹集。同时, 通过融资、信贷、投资等多种方式, 金融体系将社会资金进行市场化调度和再分配, 以实现资源的合理高效利用。

2.1.1.3　管理风险的功能

金融体系既可以提供管理和配置风险的方法, 又是管理和配置风险的核心。风险的管理和配置会增加企业与家庭的福利, 当利率、汇率和商品价格的波幅较高时, 会相

应提高风险管理和配置的潜在收益；而计算机和金融技术
方面的进步降低了交易成本，这又使更大范围的风险管理
和配置成为可能。因此，风险管理和配置能力的发展使金
融交易的融资和风险负担得以分离，从而使企业与家庭能
够选择他们愿意承担的风险，回避他们不愿承担的风险。

2.1.1.4 提供信息的功能

必要的信息是协调各个经济部门分散决策的重要条件，
而金融体系就是一个重要的信息来源。企业与家庭根据金
融市场观察到的利率和资产价格进行资产配置和消费储蓄
的决策，利率和资产价格也是企业选择投资项目和融资的
重要信号。资产收益的波动率是现代金融理论中量化风险
的基本指标，也是与风险管理和战略性融投资决策的关键
性信息。一般地说，金融市场上交易的金融工具越完善而
多样，可以从它们的价格中获取的信息就越多；而信息越
丰富，就越有利于资源配置的决策。

2.1.1.5 解决激励问题的功能

激励问题影响着企业外部融资的数量和合约的实质、
影响着公司风险管理方案的收益和目标、影响着企业投资

的类型和规模，也影响着企业用来评价投资的收益率标准。因此，激励问题是内生的。而通过金融工具如在经营管理者薪酬中加入股票及期权等份额，可以将经营者收入与企业长期经营业绩或企业市值较好地结合起来，从而有效处理好委托代理关系。

图 2 — 1　金融体系的功能和影响经济增长的作用机理[1]

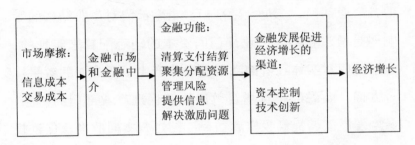

金融体系的这五种功能并不是彼此独立的，实际上，任何一家金融机构所从事的金融业务都可能是在行使这五种功能中的一种、两种或者更多种功能。世界银行经济学

---

[1]　Ross Levine, 1997，"Financial Development and Economic Growth: Views and Agenda," *Journal of Economic Literature, American Economic Association*, vol. 35（2），pp.688-726, June.

家罗斯·莱文[1]详细描述了金融影响经济的作用机理，具体如图 2—1。

2.1.2 金融对产业结构影响

金融对产业结构调整的影响是以企业为切入点的。为研究方便起见，将经济分为两大部门：一是实体经济部门，即各产业部门；二是金融部门。金融部门对产业结构的影响即是通过在不同产业部门间资本的动态配置来实现的，金融部门对实体经济的功能性影响产生了两方面的效果：一方面，金融的投资增量效应能够促进产业部门的扩张，金融发展能够提高投资收益率，缩短资本回收期，促进投资增加，由此深化各产业部门的资本水平，带来产业部门生产的扩张；另一方面，金融的资本导向效应能够带动产业水平提升，市场化的金融部门对产业竞争力的敏感性极强，能够对产业发展中的投资效益率、回收期、风险等因素予以较好的识别，引导产业部门向适应市场的方向发展，

---

[1] 罗斯·莱文：《金融结构和经济增长：银行、市场和发展的跨国比较》，中国人民大学出版社 2006 年版。

增强产业的技术水平及市场竞争力。

金融系统又由于其逐利性，对不同产业成长能力进行识别，对投资收益高、市场竞争力强的产业大力支持其资本供给，促进这些产业部门的快速发展；而对投资收益低、缺乏市场竞争力的产业部门则采取"歧视性"待遇。由此，金融部门的投资增量和资本导向效应在不同产业部门发生作用，导致不同产业部门在规模和技术水平等方面的差异性发展，形成不同的产业结构。同时为了适应资源禀赋结构和比较优势的变化，产业结构将不断调整。与此同时，随着各产业技术水平的提升，产业结构高级化，最终又导致金融发展水平、金融结构及金融功能的一系列变化。这样在交互作用下，金融系统不断发展，产业结构不断升级和完善。

金融作用于产业结构的过程可简述为：金融→影响投资→影响资金的流量结构→影响生产要素分配结构→影响资金存量结构→影响产业结构。即金融活动主要作用于资金分配，进而作用于其他生产要素的分配；而在资金存量与资金流量的相互作用中，它首先作用于资金流量，进而再作用于资金存量。经济金融化程度越高，这一传递过程就越明显有效。金融对产业结构影响的作用机理见图2—2：

图2－2　金融对产业结构影响的作用机理图示

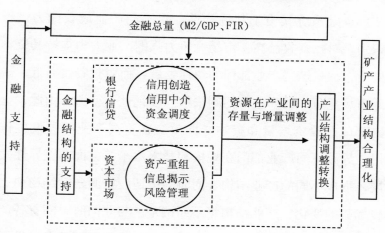

2.1.3　金融对微观实体影响的传导机制

我们用银行体系的资产负债表来说明银行体系的货币创造过程，这个过程对宏观金融体系来讲，是一个内生的过程，这来自托宾和弗里德曼的货币分析方法。

希克斯[1]通过金融体系的资产负债表，分析了货币供给及货币供给量对企业的影响，在其《经济学展望：再论货币与增长论文集》中，提出了分析的基本框架。三部门

---

[1]　柳欣、郭金兴、王彩玲：《资本理论与货币理论》，人民出版社 2006 年版。

的资产负债表见表 2－1：

表 2－1 三部门资产负债表

中央银行		银行与资本市场		政府、企业、家庭	
资产	负债	资产	负债	资产	负债
金融债券 F	货币 M＋m	工业债券 I	金融债券 F＋f	实际资本 R	工业债券 I
		货币 m		金融债券 f	
				货币 M	

资料来源：柳欣、郭金兴、王彩玲：《资本理论与货币理论》，人民出版社 2006 年版，第 68 页。

　　汇总而形成的从货币角度来分析的宏观资产负债表见表 2－2：

表 2－2 宏观资产负债表

资产	负债
现金 $M_C(\alpha)+M_C(\beta)+M_C(\gamma)$	现金 $M_C(\varepsilon)$
银行存款 $M_B(\alpha)+M_B(\beta)$	银行存款 $M_B(\gamma)$
银行贷款 $L(\gamma)$	银行贷款 $L(\alpha)+L(\beta)$
公司股票 $E(\alpha)$	公司股票 $E(\beta)$
政府债券 $B(\alpha)+B(\beta)+B(\gamma)$	政府债券 $B(\varepsilon)$
物质资本 $K(\alpha)+K(\beta)$	
总资产	总负债

资料来源：柳欣、郭金兴、王彩玲：《资本理论与货币理论》，人民出版社 2006 年版，第 75 页。

表中，α代表居民部门、β代表企业部门、γ代表银行部门，M、L、E、B、K 分别代表货币、银行贷款、企业股票、政府债券、物资资产。

这里，通过三部门资产负债表和宏观资产负债表，可以归纳得出金融对微观实体影响的传导机制，见图 2—3：

图 2—3 金融对微观实体影响的传导机制图示

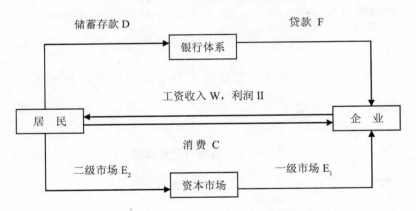

2.2 我国产业资本溢出效应的估计模型与实证分析

2.2.1 产业资本溢出效应

产业资本的溢出效应是指资本在各个行业进行投资

与经营过程中，不仅会对自身行业产生影响，而且会对本行业之外的其他行业造成一定的影响。资本的溢出效应主要包括收益的迁移效应和收益的示范效应两个方面。收益的迁移效应是指在某一时期，特定投资所获得的收益会引导企业进行相关产品的扩大再生产，这种扩大再生产既可能是在部门内，也可能是跨部门跨地区。收益的示范效应是指：某类投资的获益，将导致类似的投资出现较大幅度的增长。虽然这种溢出导致的投资行为不是通过原主体的收益产生的，但由于资本逐利的本能，资金始终会寻求边际收益高的投资渠道。而市场信号又可以不断地提供这种信息，因而使资金的投向发生转变。当一国或一地区是投资非管制时，投资的流向将是自由的。这种自由流动，会使资金在区域间或产业间不断被重新配置。

弗雷德曼（Friedman）[1] 发现企业间资本流动，会受到上述溢出效应的影响。他认为：现代企业的资本投入，不仅具有提高劳动力装备率从而提高产出水平的手段，同时，

---

[1]　Friedman, M., *A Theoretical Framework of Monetary Analysis*, The University of Chicago Press, 1969.

产出水平的提高，还具有对未来投资预期的引导作用。这种引导可通过各种渠道，传导到市场中的所有经济主体中。此时，投资预期的传导，不仅会促进资金在行业内的流动，也会促进资金在行业间的流动。由于投资具有相对稳定的收益预期及资金驻留特性，一旦某经济主体作出投资决定，则相关行业的未来总收益水平及边际收益水平将被确定。资本的这一特性，保证了市场的相对稳定和竞争的可预期性。由此决定了资金在中长期的收益，并影响市场中的资金价格。因此，正是资金的溢出效应保证了资金价格的基本动态，也是它决定了资金价格的动态行为。

与技术的溢出不同，资金的这种溢出效应，不会直接导致投资主体的投资意愿的变化，它引起的是市场预期的变化，而由这种变化引起的投资变化，不需要政策的强制力来保障和引导。技术的溢出则会导致投资主体对新技术的投资缺乏热情，因此，需要建立类似专利制度等强制性、制度性措施保障对技术的投资。资金溢出与技术溢出相同的是，资金的这种溢出效应，会导致投资主体的资金的显性及隐性成本的变动，从而对投资主体的投资意愿产生影响。

2.2.2 产业资本溢出估计模型

资本溢出估计模型由两部分构成：第一部分为向量误差修正模型，用以分析我国行业间的资本溢出示范效应和迁移效应；第二部分为距离函数模型，用以对各类不同资产在行业间的溢出系数进行估计。

2.2.2.1 资本溢出示范效应和迁移效应估计模型

由于投资波动是一些主要宏观变量，围绕长期均衡产生的随机偏离。因此，在假定资本产出效率为常数时，对资本产出比波动的分析，可以在考察制造业产出的同时，研究资本在行业间的不同溢出效应。这一效应，可通过分别估计两变量的边际收益系数获得。但由于各变量可能受到暂时冲击，而与长期均衡状态发生偏离，即变量序列存在非平稳状态。此时，误差修正机制将促进变量向长期均衡状态回归。这里，将利用误差修正模型来描述和分析我国制造业各类投资的波动。

根据拉尔森（Larsson）等人（2001）及格罗恩（Groen）和科莱伯根（Kleibergen）（2003）[1] 关于行业资本流动的研

---

[1] Larsson, likelihood-based cointegration Tests in Heterogenous Panels, Econometrics Journa 14；Groen, likelihood-based cointegration Analysis in Panel of vector Erroe-correction Models, Journal of Business and Economic Statistics 21.

究提示，这里建立如下行业投资波动面板向量误差修正模型，以估计我国近期的投资变动趋势，从中可了解行业结构在行业间的变化状况。建立误差修正模型如下：

设 $y_{it} = (y_{it1}, y_{it2}, \ldots, y_{itp})'$ 是对于截面 i 在 t 期的 $p \times 1$ 增加值向量。假定 y_{it} 遵循非平稳 VAR（k）过程：

$$y_{it} = \delta_i d_t + \sum_{j=1}^{k} \phi_{ij} y_{i,t-j} + \varepsilon_{it}, \quad t=1, 2, \cdots, \mathrm{T}; \, i=1, 2, \cdots, \mathrm{N} \quad (2.1)$$

这里 d_t 表示确定性部分向量，即 $d_t = 1$ 或 $(1,t)'$，δ_i 是 $p \times 1$ 或 $p \times 2$ 参数矩阵。则 $\delta_i d_t$ 是具有 j 个元素的 $p \times 1$ 向量，它等于 d_t 或 $d_{(1,t)}$，该部分代表了模型的确定性部分。这里，所考察的截面数（N）是固定的，而时间序列（T）也相对较长。

根据（2.1），我们可以得到如下等价面板向量误差修正模型：

$$\Delta y_{it} = \delta_i d_t + \prod_i y_{i,t-1} + \sum_{j=1}^{k-1} \Gamma_{ij} \Delta y_{i,t-j} + \varepsilon_{it} \quad (2.2)$$

$t=1, 2, \cdots, \mathrm{T}; \quad i=1, 2, \cdots, \mathrm{N}$

其中：$\Gamma_{ij} = -\sum\limits_{s=j+1}^{k} \phi_{is}$ j=1，2，…，$(k-1)$；$\prod_i = -(I_m - \sum\limits_{j=1}^{k} \phi_{ij})$

定义如下关系：

$\Gamma_i = (\Gamma_{i1}, \Gamma_{i2}, ..., \Gamma_{i,k-1})$，$X_{it} = (\Delta y_{i,t-1}^{'}, \Delta y_{i,t-2}^{'}, ..., \Delta y_{i,t-(k-1)}^{'})^{'}$

则（2.2）式可表示为：

$$\Delta y_{it} = \delta_i d_t + \prod_i y_{i,t-1} + \Gamma_i X_{it} + \varepsilon_{it} \qquad (2.3)$$

对于给定的 t，模型（2.3）可以写成如下紧凑形式：

$$\Delta y_t = \delta d_t + \prod y_{t-1} + \Gamma X_t + \varepsilon_t，\quad t\text{=1，2，…，T} \qquad (2.4)$$

其中：

$y_t = (y_{1t}, y_{2t}, ..., y_{Nt})^{'}$，$\quad \Delta y_t = (\Delta y_{1t}, \Delta y_{2t}, ..., \Delta y_{Nt})^{'}$

$X_t = (X_{1t}, X_{2t}, ..., X_{Nt})^{'}$

$\varepsilon_t = (\varepsilon_{1t}, \varepsilon_{2t}, ..., \varepsilon_{Nt})^{'}$，$\quad \delta = (\delta_1^{'}, \delta_2^{'}, ..., \delta_N^{'})^{'}$

式（2.4）即为常用的面板向量误差修正模型，模型约束条件见下式：

$$\prod = \begin{bmatrix} \prod_1 & & & \\ & \prod_2 & & \\ & & \cdots & \\ & & & \prod_N \end{bmatrix}, \quad \Gamma = \begin{bmatrix} \Gamma_1 & & & \\ & \Gamma_2 & & \\ & & \cdots & \\ & & & \Gamma_N \end{bmatrix}$$

继续作如下假设：

ε_t是一独立同分布，其均值为0向量，协方差矩阵如下式：

$$\Omega = \begin{bmatrix} \Omega_{11} & \cdots & \Omega_{1N} \\ \cdots & \cdots & \cdots \\ \Omega_{N1} & \cdots & \Omega_{NN} \end{bmatrix} \tag{2.5}$$

该阵为$Np \times Np$正定矩阵，且$\Omega_{ii} \equiv \mathrm{var}(\varepsilon_{it})$。

假设长期系数矩阵$\prod_i$，具有如下可分解秩减形式：

$$\prod_i = a_i \beta_i^{'} \tag{2.6}$$

其中a_i和β_i都是$p \times r_i$维，当截面具有相同的协整秩时，对于所有i有$r_i = r$。当截面的协整秩不同时，则有其秩r满足$r_i = rank(\prod_i) < p$。

根据式（2.6），可将式（2.4）中的长期系数矩阵d_t改写为下式：

$$\prod = a\beta'$$

这里：

$$a = \begin{bmatrix} a_1 & & & \\ & a_2 & & \\ & & \cdots & \\ & & & a_N \end{bmatrix}, \quad \beta = \begin{bmatrix} \beta_1 & & & \\ & \beta_2 & & \\ & & \cdots & \\ & & & \beta_N \end{bmatrix} \tag{2.7}$$

据此，可将模型（2.4）写为如下常见的面板 VEC 模型如下式：

$$\Delta y_t = \delta d_t + a\beta' y_{t-1} + \varepsilon_t \quad t=1, 2, \cdots, T \tag{2.8}$$

在这种常见的面板 VEC 估计模型中，具有如下性质：1. 截面间的短期动态被假定为不相关，即矩阵 Γ 被假定为如式（2.4）的区组对角阵；2. 根据式（2.7），估计系数 β 也被假定为区组对角阵，这表明截面间不存在长期均衡关系，即不存在截面协整秩；3. 在各截面中，假定具有相同的协整秩；4. 由于调整矩阵 α 也被假定为具有区组对角阵形式，表明某截面的偏离长期的暂时离差对面板中的其他观察值不产生影响。

但是，考虑到实际估计中，上述假定的限制过于牵强且与现实不符。根据研究内容，可以尝试建立如下关系假设，即假定短期动态矩阵 Γ，调整矩阵 α 及协整矩阵 β 具有如下形式：

$$\Gamma = \begin{bmatrix} \Gamma_{11} & \cdots & \cdots \Gamma_{1N} \\ \cdots & \Gamma_{22} & \cdots & \cdots \\ \cdots & \cdots & \cdots & \cdots \\ \Gamma_{N1} & \cdots & \cdots \Gamma_{NN} \end{bmatrix} \quad a = \begin{bmatrix} a_{11} & \cdots & \cdots a_{1N} \\ \cdots & a_{22} & \cdots & \cdots \\ \cdots & \cdots & \cdots & \cdots \\ a_{N1} & \cdots & \cdots a_{NN} \end{bmatrix}$$

$$\beta = \begin{bmatrix} \beta_{11} & \cdots & \cdots \beta_{1N} \\ \cdots & \beta_{22} & \cdots & \cdots \\ \cdots & \cdots & \cdots & \cdots \\ \beta_{N1} & \cdots & \cdots \beta_{NN} \end{bmatrix} \tag{2.9}$$

这里矩阵 α 和矩阵 β 都为 $N_p \times r$ 维阵，其秩受约束于 $r = r_1 + r_2 + \ldots + r_N < N_p$。

在对矩阵 Γ，α 及 β 作上述假定后，面板 VEC 模型将具有如下性质：1. 截面间存在短期动态交互作用；2. 某截面的暂时长期均衡误差会对面板中的其他变量产生影响；3. 截面的协整秩各不相同；4. 存在截面协整。

2.2.2.2 溢出系数相关关系的距离函数估计模型

考虑到投资存在替代性，这里建立的距离函数，不仅单纯考虑两行业间的资本溢出，还考虑了多行业间由于资本溢出效应所带来的新增加的投资的替代性。这里，行业间资本溢出相关关系，是通过对某行业下期投资变动与其他行业的相关分析来估计的。仍沿用资本溢出的示范效应和迁移效应，结合对投资的替代性及交叉替代弹性的考虑，根据 Allenby（1989）距离函数方法，建立行业间的距离系数估计模型，如下式：

$$D_{ij} = \sum_{k \neq i,j} \frac{\left| \hat{\beta}_{ik} - \hat{\beta}_{jk} \right|}{SE(\hat{\beta}_{ik} - \hat{\beta}_{jk})} + \sum_{k \neq i,j} \frac{\left| \hat{\beta}_{kj} - \hat{\beta}_{ki} \right|}{SE(\hat{\beta}_{kj} - \hat{\beta}_{ki})} + \frac{\left| \hat{\beta}_{ij} - \hat{\beta}_{ji} \right|}{SE(\hat{\beta}_{ij} - \hat{\beta}_{ji})} \qquad (2.10)$$

式（2.10）中，$\hat{\beta}_{ij}$ 是行业 i 与行业 j 的交叉替代弹性，由多项式 Logistic 回归模型估计；SE 是参数估计的标准误。若行业 i 与 k 的交叉替代弹性和行业 j 与 k 的交叉替代弹性同时为正或同时为负，则上式的分子将会变小，亦即行业 i 和 j 的距离愈近，表示两者的相关性会相对提升。反之，当正负异号，则表示行业 i 与 j 的相关性相对降低。此外，式（2.10）中交叉替代弹性的标准误，也会对行业间的距离产生影响。式中以混合分群——多项式 Logistic 回归模型的参数估计结果，衡量行业间投资的替代性，所估计的 D 值即为行业间的资本溢出效应。

2.2.3 实体经济资本溢出效应的实证分析

根据工业年度产出（数据来源 2002—2008 年《中国统计年鉴》）和 2002 年我国投入产出表（见附录三），可以计算出我国行业间各类资本溢出系数的年均值估计，结果见表 2 — 3。

其中，煤炭开采和洗选业资本溢出系数为 0.26，非金属矿采选业资本溢出系数为 0.38，均高于总体行业平均值 0.22，说明这两个行业在国内目前尚处相对优势，该行业投资可加大对下游相关产业的投资和扩张；而石油和天然气开采业资本溢出系数为 −0.23，金属矿采选业资本溢出系数为 −0.34，说明该行业投资拉动是被动的，主要由下游相关行业的投资来引导和带动。这一结果基本符合目前我国矿产资源生产现状，即煤炭与非金属矿资源的自身储量相对充足，而石油、天然气、主要金属矿产资源相对严重"短板"，是国民经济发展中的瓶颈。

表 2 — 3   行业间各类资本溢出系数年均值估计

行业	溢出系数	行业	溢出系数
煤炭开采和洗选业	0.26	金属冶炼及压延加工业	0.21
石油和天然气开采业	− 0.23	金属制品业	0.45
金属矿采选业	− 0.34	通用、专用设备制造业	0.4
非金属矿采选业	0.38	交通运输设备制造业	0.31
食品制造及烟草加工业	0.41	电气、机械及器材制造业	0.39
纺织业	0.36	通信、计算机及其他电子设备制造业	0.26
服装皮革羽绒及其制品业	0.31	仪器仪表及文化办公用机械制造业	0.23
木材加工及家具制造业	0.42	医药制造业	0.05
造纸印刷及文教用品制造业	0.16	电力、热力的生产和供应业	− 0.32
石油加工、炼焦及核燃料加工业	0.48	燃气生产和供应业	0.11
化学工业	0.09	水的生产和供应业	0.27
非金属矿物制品业	0.47	总体行业溢出系数年度均值	0.22

2.3 我国工业化过程中的资本与矿产资源的综合驱动

2.3.1 矿产资源要素对我国工业增长的贡献度

2.3.1.1 模型设定与数据来源

在估计各要素对经济增长的影响时，经典模型是"柯布—道格拉斯函数"。这里在传统的"柯布—道格拉斯函数"中，引入矿产资源因素作为影响工业增长的因变量之一。同时假定，人力劳动、资本、技术与矿产资源要素等因变量之间存在可替代关系。

假定资本、技术与矿产等资源的可替代性，是出于以下的一些考虑：如果要治理工业污染、节约资源、提高矿产品等资源的使用效率，就需要投入大量的资金进行设备改造或重新购置高技术含量的新设置，引入新的工艺流程，也需要较高技术水平的人员去操作和管理，这样就需要把更好的技术和人力资本配置到提高资源使用有效性和加强环境保护方面上去。因此，从某种程度上讲，更多的污染、更粗放地利用资源是对资本的节约。针对这一观点，在现实生活中可以佐证推导的逻辑表现在，当企业粗放经营，不注重提高资源的利用效率和治理工业生产污染的最直接的原因是钱的因素，因为这样做的结果会占用企业大量的资金，从而影响企业现实利润水平以及可投入到其他领域的资本配置。

在测算矿产等资源对工业增长的影响程度时，不仅需要增设相应的函数应变量，在应变量取值过程中，还需要确定可计入模型的矿产等资源类型。这里，从变量数据的可获性角度出发，将工业用矿产资源选定为钢铁、水泥用量；而对于能源消耗直接用工业用能表示。

根据上述考虑，我们设定如下模型：

$$Y = \lambda K^{a1} L^{a2} E^{a3} ST^{a4} SN^{a5} \tag{2.11}$$

两边取对数可得：

$$Ln(Y) = c + a1ln(K) + a2ln(L) + a3ln(E) + a4ln(ST)$$
$$+ a5ln(SN) \tag{2.12}$$

其中：c 值代表科技进步对中国经济增长的影响参数，根据以往研究[1]，这里取值为 0.1381。

Y 代表工业国内生产总值，参见历年《中国统计年鉴》中的分行业国内生产总值表。数据列示如表（2－4）。

K 代表工业固定资产投资额，用历年统计年鉴中的固定资产投资项目中的工业固定资产投资数额，即采矿业、制造业、电力、燃气及水的生产和供应业等固定资产投资总和。

---

[1] 李斌、黄乐军：《科技进步对中国经济增长贡献的实证研究》，《科技与经济》2009 年 3 月。

表 2－4　近年来我国工业生产总值

（单位：亿元）

年份	工业生产总值	年份	工业生产总值	年份	工业生产总值	年份	工业生产总值
1980	1996.5	1987	4585.8	1994	19480.7	2001	43580.6
1981	2048.4	1988	5777.2	1995	24950.6	2002	47431.3
1982	2162.3	1989	6484.0	1996	29447.6	2003	54945.5
1983	2375.6	1990	6858.0	1997	32921.4	2004	65210.0
1984	2789.0	1991	8087.1	1998	34018.4	2005	77230.8
1985	3448.7	1992	10284.5	1999	35861.5	2006	91310.9
1986	3967.0	1993	14188.0	2000	40033.6	2007	107367.2

资料来源：根据历年《中国统计年鉴》整理。

表 2－5　近年来我国工业固定资产投资额

（单位：亿元）

年份	采矿业	制造业	电力、燃气及水的生产和供应业	工业合计
1989	170.68	361.41	290.40	822.49
1990	204.64	382.03	365.93	952.60
1991	243.31	477.96	425.94	1147.21
1992	303.22	599.31	555.78	1458.31
1993	351.32	884.52	768.61	2004.45
1994	394.55	1216.33	1150.79	2761.67
1995	437.77	1540.08	1258.49	3236.34
1996	498.56	1679.71	1545.97	3724.24
1997	648.57	1532.05	1938.89	4119.51
1998	540.52	1484.08	2144.55	4169.15
1999	474.19	1182.72	2193.18	3850.09

（续表）

年份	采矿业	制造业	电力、燃气及水的生产和供应业	工业合计
2000	589.36	1175.11	2479.80	4244.27
2001	644.56	1509.02	2196.30	4349.88
2002	679.93	2097.83	2458.61	5236.37
2003	894.50	14689.50	3962.40	19546.40
2004	2395.90	19585.50	5795.10	27776.50
2005	3587.40	26576.00	7554.40	37717.80
2006	4678.40	34089.50	8585.70	47353.60
2007	5878.80	44505.10	9467.60	59851.50

资料来源：根据历年《中国统计年鉴》整理。

　　L 代表工业从业人员年平均人数，见历年统计年鉴中的第二产业就业人数。如下表：

表 2－6　我国历年工业从业人数

（单位：万人）

年份	就业人数	年份	就业人数	年份	就业人数	年份	就业人数
1980	7707	1987	11726	1994	15312	2001	16284
1981	8003	1988	12152	1995	15655	2002	15780
1982	8346	1989	11976	1996	16203	2003	16077
1983	8679	1990	13856	1997	16547	2004	16920
1984	9590	1991	14015	1998	16600	2005	18084
1985	10384	1992	14355	1999	16421	2006	19225
1986	11216	1993	14965	2000	16219	2007	20629

资料来源：根据历年《中国统计年鉴》整理。

表 2 — 7 近年来我国钢和水泥产量

（单位：万吨）

年份	生铁	粗钢	钢材	合计	水泥
1989	5820.00	6159.00	4859.00	16838.00	21029.00
1990	6238.00	6635.00	5153.00	18026.00	20971.00
1991	6765.00	7100.00	5638.00	19503.00	25261.00
1992	7589.00	8094.00	6697.00	22380.00	30822.00
1993	8739.00	8956.00	7716.00	25411.00	36788.00
1994	9741.00	9261.00	8428.00	27430.00	42118.00
1995	10529.27	9535.99	8979.80	29045.06	47560.59
1996	10722.50	10124.06	9338.02	30184.58	49118.90
1997	11511.41	10894.17	9978.93	32384.51	51173.80
1998	11863.67	11559.00	10737.80	34160.47	53600.00
1999	12539.24	12426.00	12109.78	37075.02	57300.00
2000	13101.48	12850.00	13146.00	39097.48	59700.00
2001	15554.25	15163.44	16067.61	46785.30	66103.99
2002	17084.60	18236.61	19251.59	54572.80	72500.00
2003	21366.68	22233.60	24108.01	67708.29	86208.11
2004	26830.99	28291.09	31975.72	87097.80	96681.99
2005	34375.19	35323.98	37771.14	107470.31	106884.79
2006	41245.19	41914.85	46893.36	130053.40	123676.48
2007	47651.63	48928.8	56560.87	153141.3	136117.25

资料来源：根据历年《中国统计年鉴》整理。

E 表示工业用能。这项数据来自历年的《中国能源统计年鉴》（国家统计局工业交通统计司、国家发展和改革委员会能源局联合编制）。如 2007 年我国工业能源消费量是190167.29 万吨标准煤，而在 2002 年我国工业能源消费量是 102181.18 万吨标准煤。

ST 代表钢产量，为生铁、钢和成品钢材三者之和；SN 代表水泥产量，参见各年统计年鉴中的工业产品项目。近期数据如上表 2－7。

2.3.1.2 数据的平稳性检验

考虑到非平稳时间序列数据变量的可能存在，为避免伪回归现象发生，对可能不再是标准分布的变量进行计量分析之前还要进行单位根检验。单位根检验是检验时序数据是否平稳的正式方法，主要有 ADF 检验。经 ADF 检验，若平稳，则属于标准分布，就可构造回归模型等经典计量经济学模型；若非平稳，则说明变量不属于标准分布，则要变量进行差分处理，同时还需要进一步做协整检验，以了解这些变量之间是否存在长期的稳定关系。

（1）单位根检验。单位根检验是检验变量是否稳定的过程，最常用的方法是增广的迪基——福勒检验（ADF 检验），回归方程为：$\triangle Yt = c + \alpha \cdot t + \beta \cdot Yt + \sum vi \triangle Yt-i +$

μt（1）其中，c 表示常数项，t 表示时间趋势，μt 为残差项。

运用 View6.0 软件，打开菜单的 Unit root test，保持默认状态，对变量 Y、K、L、E、SN 和 ST 进行单位根检验，其 ADF 检验结果见表 2－8。在 ADF 检验结果中，对于存在单位根的原假定，所有变量的水平值序列都不能拒绝，这就表明这些变量的时间序列都是非平稳的。进一步，对于所有变量的一阶差分处理。经 ADF 检验，在大多数变量在 10% 显著性水平上拒绝原假设，但还部分变量的一阶差分仍不能拒绝原假设。根据这一结果，可以判定所有变量都是单整变量，即 I（a）变量。

表 2 － 8　单位根检验

	Level		First Difference	
	ADF test	Phillips-Perron Test	ADF test	Phillips-Perron Test
Y	-2.21^{*}	-1.86^{*}	-2.55^{*}	-2.67^{**}
K	-1.69^{*}	-1.89^{*}	-3.07^{***}	-3.62^{**}
L	-1.84^{*}	-1.92^{*}	-0.01^{*}	-2.68^{**}
E	-3.16^{*}	-1.85^{*}	-1.99^{*}	-3.13^{**}
SN	-2.51^{*}	-1.94^{*}	-2.83^{**}	-3.24^{**}
ST	-1.28^{*}	-1.60^{*}	-2.70^{**}	-4.78^{****}

说明：原假设为存在单位根；其中，* 表示在显著性水平为 15% 时不能拒绝原假设；** 表示显著性水平为 10% 时拒绝原假设；*** 表示在显著性水平为 5% 时拒绝原假设；**** 表示在显著性水平为 1% 时拒绝原假设。

（2）协整检验。协整关系存在的条件是：只有当变量的时间序列是同阶单整序列即 I(a)，才可能存在协整关系。由上而知，这些变量都是同阶，具备有可能存在协整关系的前提条件，而下一步要做的是通过琼森（Johansen）基于向量自回归（VAR）方法，对这些变量之间是否存在协整关系进行检验。

运用 View6.0 软件，打开菜单下 Cointegration test，保持默认状况，对相关变量进行琼森协整检验。检验结果如表 2—9 所示，结果显示各变量组合都至少存在着一个协整向量。

表 2 — 9　协整检验

特征值	极大似然比	5% 临界值	1% 临界值	协整方程数量
0.98	301.82	192.89	205.95	None**
0.95	214.03	156.00	168.36	At most 1**
0.89	146.78	124.24	133.57	At most 2**
0.79	99.02	94.15	103.18	At most 3*
0.71	64.99	68.52	76.07	At most 4
0.50	37.62	47.21	54.46	At most 5
0.37	22.44	29.68	35.65	At most 6
0.34	12.29	15.41	20.04	At most 7
0.13	3.10	3.76	6.65	At most 8

说明：* 表示在显著性水平为 5% 时拒绝原假设；** 表示在显著性水平为 1% 时拒绝原假设。

　　这样经过处理后，非平衡性问题得以解决，可以在此基础上进行下一步的研究分析。

2.3.1.3 矿产资源对工业增长的贡献

　　根据以上检验所得出变量之间的关系比例，配置各变量的弹性系数，再计算其各自对工业增长影响的贡献率。具体计算结果见表 2—10。

表 2 — 10　各变量的弹性系数与贡献率

变量	弹性系数	年均增长率 (%)	贡献率（%）	备注
Y		18.38	—	
K	0.103	9.15	41.11	资本
L	0.456	4.88	12.10	劳动
E	0.486	6.01	15.90	能源
ST	0.316	11.09	14.05	矿产资源
SN	0.308	10.98	13.39	矿产资源
ELSE	—	—	7.96	误差及其他未解释变量

　　表 2—10 表明，在 1989 年至 2007 年我国的工业生产总值中，能源和矿产资源对工业增长的贡献程度最大，

贡献率为 43.34%，其次是资本，对工业增长的贡献率为
41.11%，相比之下，劳动对工业增长的贡献有限，仅为
12.10%。此外，约有 7.97% 的贡献由其他未解释变量做出
或由误差造成。由此，我们可以得出结论，中国的工业增
长是资本与资源的共同驱动型。

2.3.2 资本与资源共同驱动型工业增长的宏观经济政策

　　IS－LM 曲线是凯恩斯宏观经济理论体系中的重要组
成部分，该模型解析了产品市场与货币市场的总供需均衡
状态的形成过程。2000 年海耶斯[1] 对 IS—LM 分析模型进
行修正而形成了 IS—LM—EE 模型（见图 2—3）。这个模
型的基本原理，是在著名的 IS—LM 模型中，新加一条资
源和环境因素的约束曲线。这样，可以通过这个模型，在
考虑了资源和环境约束的条件下，对政府的财政政策与货
币政策效果进行分析，从而更具有现实意义。

　　假定环境因素的最低约束是维持环境现状而不致进一
步恶化，而资源的利用的约束目标也是维持现状，即不能

---

[1]　Heyes，*A Proposal for the Greening of Textbook Macroeconomics: IS-LM-EE*，
Ecological Economics，Vol.32，No.1，pp.1–8.

图 2 — 3 IS — LM — EE 分析图示

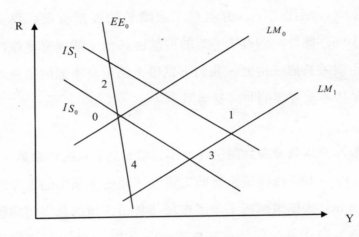

超过资源可再生能力或可代替潜力。这样,如图 2—3所示,在 EE 曲线相对稳定时,如果政府出于扩张目的而采取了积极的财政政策,即在图中表现为 IS 曲线向右偏移。在没有 EE 约束曲线条件下,当 IS 曲线右移时,新的均衡点为点 1;在设置了 EE 约束曲线后,政府还要采取非积极扩张型的货币政策,这样使得均衡点 1 向左移,从而形成新的均衡点 2,这样的均衡收入要低于初始水平。另一方面,政府如果想要采取扩张型的货币政策,这时 LM 曲线会向右偏移,并最终与 LM₀ 曲线相交于点 3,但这不是引入 EE 约束曲线后所实现均衡点。为满足环境和资源约束

的目标，政府还要采取反向的财政政策，以期望达到新的均衡点即点 4，这时均衡收入要高于初始水平即点 0 时的水平。

在传统的 IS — LM 模型中引入矿产等资源约束曲线 *EE* 后，可以看出，这些影响变化不仅反映在宏观经济政策的效果上，并对不同的宏观经济政策组合以及国家宏观调控的方式都有一定的效用。我国的经济调控手段中，宏观和中观方面有利率、管制、信贷规模、项目审批、支出结构调整等诸多方式，经过多年的摸索实践，特别是科学发展观的形成与提出后，加强环境与资源管制作为国家进行宏观调控的重要工具之一，愈发受到重视，并且也确实有效，比较令人满意。在当前气候环境危机的时代背景下，将环境和资源管制手段有效运用到经济调控中的这种做法，意义重大，尤其适用于具有资源驱动型特征的发展中的国家。

在各个国家的工业化进程中，对矿产品的消费都大致呈现出这样一个规律：即在工业化快速发展阶段，矿产品消费也处于快速增长期，大宗矿产的消费弹性系数（矿产品消费增长／国内生产总值增长）普遍大于 1；当工业化完成后，钢、铜等矿产品消费量趋于平稳；而能源消费量随着 GDP 增长而持续增长。从主要发达国家工业发展历程和经验分析，目前至未来的 20 年我国将持续保持工业化和城市化的较快速度发展，这也就是说处在矿产资源需求强劲阶段。世界上许多国家和地区的发展历史都表明，人均 GDP 超过 1000 美元就有可能进入高速增长期，如新加坡、韩国等，都是在 20 世纪 70 年代中期达到人均 GDP 1000 美元，30 年后迅速超过 1 万美元。在人均 GDP 达到 1000 美元后 10 年到 20 年内，对矿产资源需求异常强劲，此间能源和矿产的消费弹性系数都为历史最高。如韩国，一次能源消费弹性系数最高期在 1981—1990 年，为 1.50；石油最高期在 1981—1990 年，为 1.78；钢最高期在 1985—1993 年为 2.1；铜最高期在 1975—1985 年为 2.6。再如日本，1966 年人均 GDP 达到 1000 美元前后 10 年为经济增长的高速期，其中 1961—1969 年经济增长率平均为 12.1%，为历史最高；同时能源消费弹性系数最高期为 1960—1973 年；钢、铜、铝等矿产原材料的消费增长高峰期为 1955—1970 年，消费增长速度基本上都两倍于经济增长速度。从 10 多个主要工业国家的统计规律来看，在人均 GDP 1000 美元到 2000 美元期间，矿产消费增幅最快，2000 美元到 4000 美元期间，增幅有所下降，但

表 2 — 11   2007 年底我国主要矿产的基础储量

项目	数量	项目	数量
石油（万吨）	283253.77	锑矿（锑，万吨）	94.99
天然气 （亿立方米）	32123.63	金矿（金，吨）	1859.74
煤炭（亿吨）	3261.26	银矿（银，吨）	43942
铁矿（矿石，亿吨）	223.64	稀土矿（氧化物，万吨）	1837.05
锰矿（矿石，万吨）	22443.72	菱镁矿（矿石，万吨）	193160.96
铬矿（矿石，万吨）	582.22	普通萤石（矿物，万吨）	3401.48
钒矿（万吨）	1309.43	硫铁矿（矿石，万吨）	179411.28
原生钛铁矿（万吨）	22541.9	磷矿（矿石，亿吨）	36.73
铜矿（铜，万吨）	2932.11	钾盐（KCl，万吨）	33752.04
铅矿（铅，万吨）	1346.32	盐矿（NaCl，亿吨）	1880.05
锌矿（锌，万吨）	4250.81	芒硝（Na_2SO_4，亿吨）	100.27
铝土矿（矿石，万吨）	75072.71	重晶石（矿石，万吨）	9899.89
镍矿（镍，万吨）	299.16	玻璃硅（矿石，万吨）	141047.50
钨矿（WO_3，万吨）	240.87	石墨（矿物，万吨）	5480.59
锡矿（锡，万吨）	152.25	滑石（矿石，万吨）	11834.26
钼矿（钼，万吨）	431.68	高岭土（矿石，万吨）	65261.87

资料来源：2008 年《中国统计年鉴》。

说明：其中，石油和天然气的数据为技术可采储量。

需求量增加仍然较快。人均 GDP 1000 美元到 4000 美元阶段正是未来 20 年我国全面建设小康社会的关键时期。

　　当前我国正处于工业化快速发展阶段，尽管资源短缺形势严峻，但是，我们也应该看到乐观的一面。第一，应充分认识到我国是一个矿产资源大国，多数矿产资源还具有较大的资源潜力。众多专家研究认为，从地表向下 1500 米深的范围内，约有煤炭资源 43000 亿吨；石油、天然气、铜矿等矿产已查明资源储量也都仅为预测资源量的 1/5 至 1/4；非金属矿产的资源潜力就更大了。因此，只要加大找矿勘查力度，就可以查明更多的资源储量，就有更厚实的资源基础发展好国内矿业，提高矿产品的供应能力。第二，目前国家正在强调树立和落实科学发展观，要走新型工业化道路，即走节约资源之路，这势必在一定程度上要求尽量降低单位 GDP 的矿产资源消耗，提高矿产资源的利用水平，遏制对矿产资源的强劲需求。一般来说有两种途径实现这些目标：一是提高产业部门科学技术水平，降低各产业单位 GDP 的能耗和材耗；二是积极调整产业结构，提高能耗和原材料消耗较低的第三产业的比重，降低第二产业比重。在第二产业内部，应该努力降低能耗和原材料消耗较高的产业部门，如重化工业等的比重，发展新型产业。第三，我国非传统矿产资源的供应潜力很大，如果提高其利用水平，也可一定程度地缓解矿产资源供需严峻的局面。非传统矿产资源，主要指再生矿产资源（如废旧金属、玻璃等），共、伴生矿产和新型矿产资源（如大海洋多金属结核、天然气水合物等）等。我们要认识到，虽然我国部分大宗矿产短缺，但全球矿产资源仍然十分丰富。只要我们贯彻实施好"走出去"的战略方针，利用好国内外"两种资源、两个市场"，是完全可以保障我国社会经济发展所需矿产资源的。

2.4 小结

本章主要论述矿业经济与金融的关联与影响，从现代金融的功能来看，金融与矿业经济的关联是极为紧密的，金融从各个层面（宏观和微观），通过不同传导途径对矿业经济产生较为明显的影响作用。本章一方面从现代金融对经济增长、产业结构、企业投资的一般性分析入手，从理论上较系统地阐述了金融对包括矿业经济在内的实体经济的关联与影响；另一方面，联系中国实际国情，运用实证分析方法分别测算了矿产资源因素对我国工业经济增长的影响和行业间资本溢出系数。具体内容如下：

2.4.1 对现代金融功能及其影响加以简要分析

首先，在宏观经济方面，现代金融所具有的清算支付结算、聚集分配资源、管理风险、提供信息和解决激励问题功能，可以有效降低信息成本和交易成本，消除市场摩擦，从而促进经济增长。其次，在金融对产业结构影响方面，金融活动主要作用于资金分配，进而作用于其他生产要素的分配；而在资金存量与资金流量的相互作用中，它首先作用于资金流量，进而再作用于资金存量。最后，通过三部门资产负债表，论述了金融对微观实体影响的传导机制。

2.4.2 运用产业资本溢出效应的估计模型进行实证分析

资金始终会寻求边际收益高的投资渠道。而市场信号又不断地可以提供这种信息，因而使资金的投向发生转变。资本的溢出效应主要表现在收益的迁移效应和收益的示范效应两个方面。收益的迁移效应是指在某一时期，特定投资所获得的收益会引导企业进行相关产品的扩大再生产，这种扩大再生产既可能是在部门内，也可能是跨部门跨地区的。收益的示范效应是指：某类投资的获益，将导致类似的投资出现较大幅度的增长。进一步建立行业投资波动面板向量误差修正模型，以估计我国近期的投资变动趋势和行业结构间的变化状况。重点分析了煤炭开采和洗选业、非金属矿采选业、石油和天然气、主要金属矿产开采业的资本溢出系数，结果表明行业资本的溢出系数反映和基本符合目前我国矿产资源现状，即煤炭与非金属矿资源的自身储量相对充足，而石油和天然气、主要金属矿产资源严重"短板"，是国民经济发展中的瓶颈。

2.4.3　研究分析我国工业化过程中的资本与矿产资源的综合驱动

首先，将矿产资源因素以柯布－道格拉斯函数形式进入工业增长方程，得出结论，中国的工业增长是资本与资源的共同驱动型。进一步地，研究分析了包括资源环境约束的 IS－LM－EE 模型，其影响变化不仅反映在宏观经济政策的效果上，对不同的宏观经济政策组合以及国家宏观调控的方式都有一定的效用。经过多年的摸索实践，特别是科学发展观的形成与提出后，加强环境与资源管制作为国家进行宏观调控重要工具之一，愈发受到重视，而且也切实有效，比较令人满意。在当前气候环境危机的时代背景下，将环境和资源管制手段有效运用到经济调控中的这种做法，意义重大，并且尤其适用于具有资源驱动型特征的发展中的国家。

3 国内矿产企业融资与资本市场

资本市场是我国矿业经济发展的助推器。资本市场对矿业企业在融资、优化资源配置等方面发挥着越来越重要的作用，矿业企业不但可以通过资本市场进行直接融资，而且还可以利用资本市场的规范机制和治理效应促进企业经营管理提升。

3.1 企业融资方式的比较与演化分析

自实行市场经济以来，企业从外部筹集资金主要有三种方式（见表 3—1），即商业信用融资、银行融资和证券融资。其中，前两者属于间接融资，后一种属于直接融资。

表 3 — 1   三大融资方式的比较

项目	社会资金利用程度	融资规模	期限	风险承受能力	资金供给者与融资企业的关系	对融资企业的干预程度	主要融资对象
商业信用融资	低	小	短	低	债权债务	低	有经常业务往来的企业
银行融资	较高	一般	较长	较高	债权债务	低	符合银行信贷条件的企业
证券融资	高	大	长	高	股权	高	上市公司

资料来源：冯日欣、李宁：《关于企业融资方式的比较分析》，《山东财政学院学报》2001 年 6 月。

3.1.1 商业信用融资

在现代金融制度创建之前，商业信用融资是企业之间较为普遍的主要融资渠道。商业信用融资是指企业在业务交往过程中逐步建立起来相对稳固的信用关系，互相之间在买卖商品时，以商品形式提供的借贷活动，主要有赊销商品和预付货款等形式。商业信用的存在对于扩大生产和促进流通起到了积极的作用，但不可避免的也存在着一些局限性。具体表现在：一、社会资金利用程度低，其主要的融资对象是有经常业务往来的企业；二、融资规模有限，并且使用范围和期限有较多的限制；三、有时融资成本较高或存在一定的信用风险。

3.1.2 银行融资

银行融资是指将工商企业和居民存入银行中的闲置货币资金借贷给投资需求方，它在融资规模、资金配置范围和效率上有较大提高。同时，银行还可以通过较为规范完善的信贷审核制度来降低信用风险。在我国企业申请银行贷款的基本条件：（1）企业须经国家工商管理部门批准设立，登记注册，持有营业执照；（2）实行独立经济核算，企业自主经营、自负盈亏；（3）有一定数量的自有资金；（4）遵守政策法规和银行信贷、结算管理制度；（5）按规定在银行开立基本账户和一般存款账户；（6）产品有市场，企业所生产经营的产品必须是市场需要的、适销对路的短线产品，不能是长线产品，以加快资金的周转；（7）生产经营有效益；（8）不挤占挪用信贷资金；（9）恪守信用。除上述基本条件外，企业申请贷款，还应符合以下附带条件要求：（1）有按期还本付息的能力；（2）原应付贷款利息和到期贷款已清偿，没有清偿的已经作了贷款人认可的偿还计划；（3）除自然人和不需要经工商部门核准登记的事业法人外，应当已在工商部门办理了年检手续；（4）已开立基本账户或一般存款账户；（5）除国务院规定外，有限责任公司和股份有限公司对外股本权益性投资累计额未超过其净资产总额的50％；（6）借款人的资产负债率符合贷款的要求；（7）申请中期、长期贷款的新建项目的企业法人所有者权益与项目所需总投资的比例不低于国家规定的投资项目的资本金比例。

银行融资方式的局限性在于：

（1）社会资金运行和资源配置的效率较多地依赖于金融机构的素质；（2）监管和控制比较严格和保守，融资规模受企业资产负债或担保质量限制；（3）银行为避免"短存长贷"的风险，对融资期限也限制；（4）融资成本刚性化。企业融资成本的高低主要取决于银行利率水平，特别是在银行紧缩银根提高利率的情况下，就会拉动企业融资成本刚性上涨。

3.1.3 证券融资

证券融资作为企业直接融资的一种主要方式，与间接融资方式相比具有明显的优点：

（1）具有较高的融资效率。证券融资通过公开市场直接面向全社会筹集资金，可以在较短时间内一次性地募集到规模巨大的资金额度，特别适合于规模经济明显的产业或项目。

（2）有助于改善企业资本结构。与间接融资不同，企业通过证券融资是以出售出让股份获得的资金，因此所得资金可以直接用于补充企业资本金，有助于企业优化资本结构，避免因对外融资而造成的负债率过高。

（3）受公平、公开原则的约束，有助于市场竞争，优化资源配置。通过证券市场的信息披露制度和上市公司内控与治理结构的要求，有利于投资者对企业的监督。

3.1.4 企业融资方式的演化

可以说，企业融资方式从"商业信用融资—银行融资—证券融资"的演化过程，在某些程度上反映着金融行业的发展轨迹。如果将融资行为视为以"货币"为标的物的交易活动，则在商业信用过程中，这种"货币"交易是有较多局限性的，交易效率也因交易对方的"撮合"难度而影响。在银行融资过程中，银行作为金融中介承担起"撮合"交易的角色，这样融资相对容易了许多。但银行作为中介，过于注重自身的稳健性，从而放弃了一部分具有大额度资金需求，当期借贷条件不符但远期看发展潜力较好项目和企业，这也形成银行融资的局限性。发展到资本市场，股份的证券化吸纳了更多的各类社会资金，促使资本市场把各方面沉淀的货币转化为资本，其效率在竞争作用下通过股价的波动和资源方便流动而大大提高。

另一方面，从监管角度而言，在经济发展的初期，相对于单个投资人，因为对融资方监督技术的缺乏，所以需要银行等金融中介作为实施融资监督功能的代理。随着经济的发展和监督技术、制度提高和完善，采集信息更为便捷和规范，减少这些监管代理性质的金融中介更符合效率的需要。因此，当经济发展到一定阶段，以证券为主的公开交易的权益市场得以快速发展，成为企业融资重要方式。

3.2　我国矿业资本市场特征分析

3.2.1　我国发展矿业资本市场的现实意义

参与资本市场是我国矿业企业做大做强的必然选择。我国发展矿业资本市场的现实意义在于：

一是实现直接融资。截至 2008 年底，我国证券市场各类上市公司共计 1625 家，股票市值达 121366.44 亿元，已经成为企业的主要直接融资渠道。矿业公司上市后，可以在更广阔的范围内进行融资，从而扩大公司的资本金规模，进而扩大生产，提高盈利；并且股票融资是不用向投资者退还本金的，这也有利于公司减轻财务负担的压力。

二是优化资源配置。与海外大型跨国国际矿业公司集团相比，我国矿业企业面临公司规模小、矿源拥有量不足、产业布局不合理等诸多不利因素。矿业企业通过资本市场的上市，可以实现资产证券化，促进生产要素的聚集和流动，有利加快兼并重组提高产业集中度，从而实现资源配置的优化。

三是促进企业转变经营机制。在股票市场上，矿业上市公司的经营绩效间接地由公司的股票价格和市值所反映，广大投资者的监督和证券市场制度要求将促使企业管理层加强管理，规范公司治理结构，提高企业竞争力和盈利水平。

3.2.2 我国矿业资本市场主要构成

在我国目前证券市场上市公司行业分类中，尚且没有专门的矿业板块。同时，在以往的关于我国矿业上市公司的研究中，对这块行业的划分也没有形成较为统一的公认标准。这里采用的是较为广义的矿业范畴，即将矿业上市公司定义为以矿产资源的开采、选矿、冶炼等的企业及对矿产资源的深加工为主业的上市公司。

我国矿业资本市场的主要构成包括两大部分：矿业上市公司和矿业公司债券（如表 3—2 所示）。

目前我国内地矿业上市公司已有 100 家，其中有 97 家在沪深 A 股市场，有 3 家在沪深 B 股市场，其中本钢板材属于在 A、B 股同时上市的矿业公司。矿业公司在内地证券市场发行上市债券共计有 13 家，其中发行普通公司债的有 7 家，发行可转换债券的有 6 家。另外，还有 29 家矿业公司在香港证券市场上市，其中有 10 只为同时在内地和香港发行的 H 股上市公司（参见表 3—2）。

表 3 - 2 我国矿业资本市场主要构成情况

构成	类别	数量	上市公司名称
内地上市公司	沪深A股	97	中金岭南、焦作万方、铜陵有色、锌业股份、西藏矿业、云铝股份、关铝股份、云南铜业、锡业股份、东方钽业、罗平锌电、西部材料、辰州矿业、常铝股份、精诚铜业、云海金属、中国石油、中海油服、中国石化、恒邦股份、包钢稀土、南山铝业、鑫科材料、江西铜业、吉恩镍业、宝钛股份、贵研铂业、中金黄金、驰宏锌锗、豫光金铅、山东黄金、厦门钨业、中孚实业、东阳光铝、靖远煤电、ST平能、神火股份、金牛能源、西山煤电、露天煤业、兖州煤电、盘江股份、开滦股份、大同煤业、中国神华、潞安环能、上海能源、兰花科创、恒源股份、郑州煤电、中煤能源、ST雄震、ST金瑞、新疆众和、宁波富邦、株冶集团、西部矿业、中国铝业、紫金矿业、金钼股份、金岭矿业、长城股份、攀钢钢钒、大冶特钢、唐钢股份、韶钢松山、本钢板材、新兴铸管、太钢不锈、鞍钢股份、华菱钢铁、首钢股份、大连金牛、三钢闽光、邯郸钢铁、武钢股份、包钢股份、宝钢股份、凌钢股份、八一钢铁、柳钢股份、重庆钢铁、新钢股份、马钢股份、广钢股份、南钢股份、西宁特钢、安阳钢铁、抚顺特钢、酒钢宏兴、济南钢铁、杭钢股份、东华能源
	沪深B股	3	本钢板B、伊泰B股、深基地B
内地上市债券	普通公司债	7	03石油债、05神华债、04中石化、05宁煤债、02武钢（7）、08湘有色、09华菱债
	可转换债券	6	金牛转债、锡业转债、钢钒债1、唐钢转债、包钢转债、锡业转债

资料来源：根据和讯网上市公司分类情况整理。

表 3 — 3 部分矿产资源类上市公司股市融资情况

（单位：亿元）

上市公司	募集资金	累计派现	资产总额	股市募集资金占总资产比例（%）
中金岭南	11.25	11.00	88.07	12.77
山东黄金	22.55	4.44	48.01	46.97
吉恩镍业	13.62	2.73	51.48	26.46
江西铜业	44.72	37.15	350.17	12.77
中金黄金	43.03	4.47	81.64	52.71
锡业股份	7.61	5.62	68.85	11.05
云南铜业	54.96	15.56	205.73	26.71
宝钛股份	25.85	6.16	49.83	51.88
中国神华	659.88	127.29	2920.57	22.59
包钢稀土	6.31	2.32	57.09	11.05
露天煤业	7.30	6.35	42.16	17.31
西部矿业	60.52	9.53	212.62	28.46
紫金矿业	98.07	27.63	271.56	36.11
厦门钨业	9.65	3.47	88.80	10.87
贵研铂业	2.59	0.29	12.62	20.52

资料来源： 根据和讯网上市公司财务情况整理。

3.2.3 市场指标分析

在证券市场中，常用的上市公司市场表现指标有价格（包括开盘价、收盘价、最高最低价和成交均价）、成交量、换手率、涨跌幅和振幅等。这里，我们选用最高价和振幅这两个指标来反映矿业上市公司的市场表现，统计时间窗选取为2004年1月至2009年1月，具体情况如表3—4所示。

数据显示，在统计时间窗内的市场表现指标前50名排序中，均有部分矿业上市公司名列其中。在前50名的最高价指标排序中有12家矿业上市公司，而且有山东黄金、中金黄金、吉恩镍业三家矿业上市公司股票进入了最高价指标排序的前10名。在前50名的振幅排序中也有8家矿业上市公司，而且山东黄金、驰宏锌锗、中金黄金和江西铜业这四家矿业上市公司分别以高达3372.58%、3259.90%、2893.33%和2679.84%的巨大振幅，名列振幅排序的前10名。

在最高价指标前50位排序中，矿业上市公司占了24%，占A股矿业上市公司数的12.37%；在振幅指标前50位中，矿业上市公司占了16%，占矿业上市公司数的16.49%。这些比例都要远高于证券市场上的其他行业板块，说明矿业资本市场在发展过程中存在较大的起伏波动。

表 3 − 4 市场指标前 50 名排序中矿业上市公司情况

最高价排序				振幅排序			
排序	股票代码	名称	最高价（元）	排序	股票代码	名称	振幅（%）
2	600547	山东黄金	239.00	6	600547	山东黄金	3372.58
8	600489	中金黄金	159.60	7	600487	驰宏锌锗	3259.90
10	600432	吉恩镍业	132.60	9	600489	中金黄金	2893.33
12	600487	驰宏锌锗	118.66	10	600362	江西铜业	2679.84
19	000960	锡业股份	102.20	12	600432	吉恩镍业	2595.97
23	000878	云南铜业	98.02	19	600005	武钢股份	1920.87
26	601699	潞安环能	95.58	25	000960	锡业股份	1746.83
27	601088	中国神华	94.88	29	000060	中金岭南	1675.21
36	600456	宝钛股份	88.70				
41	002155	辰州矿业	80.97				
45	600362	江西铜业	78.50				
46	000983	西山煤电	77.77				

资料来源：根据 2004 年 1 月至 2009 年 1 月和讯网上市公司交易数据整理。

3.2.4　市场信息披露和监管机制方面的完善

资本市场的效率是针对市场信息和监管而言的。市场交易的顺利进行，取决于市场监管的完善与市场信息的有效。完善的矿业资本市场信息披露和市场监管机制是保障市场发展质量的关键要素。好的信息披露机制和市场监管机制能够增强市场透明度，优化上市公司治理结构，提高市场效率，遵循"公开、公平、公正"的原则，保障投资者的合法权益。

近年来，在我国股票市场，部分上市公司借助矿业资产的注入为市场提供了"丑小鸭变天鹅"般的炒作题材，成为市场资金追逐的热点，其中的一些"内幕交易"嫌疑较多，暗箱潜伏以博暴利的现象频出。据报道，2008 年某大学教授提前重仓介入处于退市边缘后转型为矿产资源类的股票，一举赚得 3000 万元。更令人惊奇的是任第一大流通股东的该教授曾任重组整体方案的设计者，而其夫人作为政府官员也身居第二大流通股东之列。

矿业上市公司的情况受到诸多复杂因素的影响，如潜在矿源储量的变化、开采事故、国际市场价格走势、下游行业的需求等，因而在监管和信息披露方面具有较为明显的行业特色，应按照国际通用做法，制定相应的符合矿业行业特点的信息披露标准和监管办法。有鉴于此，上海证券交易所和深圳证券交易所曾在 2008 年 8 月 26 日同时发布相关文件，进一步明确上市公司矿业信息披露的格式和内容。其中：

在上证所颁布的《上市公司矿业权的取得、转让公告》中要求，上市公司新设取得、受让或者出让矿业权、拟收购或出售其主要资产为矿业权的其他公司股权、或者拟设立以矿业权为出资形式的合资公司的，皆应按要求披露矿业权的具体情况。其中，上市公司新设取得矿业权的，应披露矿业权的取得方式；是否履行了招标挂牌程序；是否已取得国土资源主管部门颁发的许可证以及拟取得的矿业权的资源开采是否已取得必要的项目审批、环保审批和安全生产许可。上市公司转让矿业权、拟收购或出售其主要资产为矿业权的其他公司股权的，应按规定披露矿业权的权属情况以及有关部门的审批情况。要求上市公司必须按行业通行标准如实披露矿业权的可采储量、矿业权有效存续年限等足以说明矿业权价值的因素，结合公司生产配套条件，披露相关矿产产业化的预期达产时间、生产规模、投资收益率等事项，并且应明确披露取得或者转让的矿业权的作价依据、作价方法和价款支付方法。转让上市公司矿业权的，应聘请具有资质的矿业权评估机构评估；涉及国家出资形成的矿业权的，应提供国土资源主管部门对评估结果备案的证明文件。上市公司应披露其是否已取得矿业权开发利用所需要的资质条件、是否符合国家关于特定矿种的行业准入条件以及相关法律意见书。强化上市公司董事会的勤勉义务，要求董事会认真核实根据格式指引应予披露的事项，独立董事在必要时可聘请专业机构进行审核。上市公司也应在发布矿业权的取得或者转让公告时，做出特别提示，包括矿业权权属及其限制或者争议情况、矿业权的价值和开发效益的不确定性等。同时，规定相关知情人员应遵守保密义务，如有关事项提前泄露，应及时发布提示公告并申请停牌。

在深交所颁布的《信息披露业务备忘录第 14 号——矿业权相关信息披露》中，也明确了上市公司取得矿业权时，应在相关董事会决议公告或交易、投资事项等公告中履行信息披露义务，分析矿产资源开发业务的具体情况，充分揭示矿产资源开发业务的风险。《备忘录》还特别关注到上市公司勘探、开发的资质和准入条件是上市公司从事矿产

资源开发业务的基础，要求上市公司予以详细披露。规定
上市公司应当列表详细披露探矿权、采矿权等主要无形
资产的权属情况、权属争议或者受限情况、资源储量和
核查评审及备案情况。其中对资源储量，上市公司应按
行业通行标准披露取得矿业权的勘查面积或者矿区面积、
资源储量、资源品位、增储情况、生产规模等据以说明
矿业权价值的因素，并说明各专业术语的具体含义，及
是否已具备相应的矿产资源开发条件等。规定，上市公
司应当列表披露矿业权相关资产涉及有关报批事项，包
括项目立项获得相关主管部门批复情况以及环保部门、
安全生产部门、国土资源等相关部门批复情况等。上市
公司还应当披露矿产权相关资产最近三年历史经营情况。
《备忘录》还列举了上市公司应披露的相关风险因素，包
括矿产资源勘查失败风险；无法获取采矿权证的行政审
批风险；无法取得预期采矿规模的技术风险和自然条件
约束；安全生产的风险；产业结构调整、少数客户依赖、
矿产品销售价格波动的风险等。 还要求上市公司履行持
续信息披露义务，在矿产资源资产、利润构成、风险因
素等发生重大变动的情况下，及时、详细说明具体变动
情况、原因和该事项的影响。

　　上证所颁布的《上市公司矿业权的取得、转让公告》和深交所颁布的《信息披露业务备忘录第 14 号——矿业权相关信息披露》是专门针对我国矿产类上市公司信息披露问题而提出的监管办法，对改善和治理我国资本市场某些弊病如信息违规披露、信息造假、内幕交易等问题意义重大。但在现实情况中，这些监管办法的落实执行工作仍须进一步加强。如：在 2009 年初陆续披露的 2008 年上市公司财务年报中，煤炭类公司只有一家公司按规定对采矿权计提了减值准备；有两家煤炭类公司将采矿权的摊销方法由直线法变更为工作量法，却只有一家将其作为会计估计变更在其年报中披露。又如：限售股在 2009 年 4 月 27 日解禁后，2009 年 7 月 23 日紫金矿业 H 股在香港发布公告终止收购哈萨克斯坦一家黄金公司的股份。而此前该股在市场听闻收购传言促使股价飙升过程中，部分公司有借机出货套现嫌疑；并且紫金矿业只对 H 股投资者披露了这则信息，而 A 股投资者并没有在同一时间获得同等信息。这些问题的出现，客观反映着在规范市场、加强监管等方面，仍须进一步地努力。

3.3 对矿业上市公司资本结构及影响因素的实证分析

资本结构是上市公司财务状况的重要组成部分。为了分析我国矿业上市公司资本结构特征及其相关影响因素，这里将其与纺织、信息技术、商业和房地产其他四类上市公司板块进行对比分析。

3.3.1 样本范围和变量的选取

这里对于矿业上市公司板块的界定仍选择广义的矿业范畴，即选取的矿业上市公司包括前面所提及的 97 家在内地 A 股证券市场上的以矿产资源的开采、选矿、冶炼等的企业及对矿产资源的深加工为主业的上市公司。同时，按照已有的我国 A 股上市公司的行业板块分类标准，选取纺织业、信息技术业、商业和房地产业部分上市公司，其中纺织业上市公司有 67 家，信息技术业上市公司有 81 家，商业类上市公司有 72 家，房地产业上市公司有 88 家。

设关系式中的因变量 Y 为采用账面价值法的上市公司资产负债率，以此表示上市公司资本结构的变量。自变量选取指标分别为：资产的自然对数、净资收益率、主营业务收入的自然对数、毛利润率、主营业务收入的增长率和国有股占总股本的比例。具体对应关系见下表 3—5：

表 3 — 5 变量名称与符号对应表

变量名称	变量符号
资产负债率	Y
资产的自然对数	X_1
净资产收益率	X_2
主营业务收入的自然对数	X_3
毛利润率	X_4
主营业务收入增长率	X_5
国有股占总股本比例	X_6

3.3.2 影响分析

3.3.2.1 财务因素分析

根据以上设定，以上市公司资产负债率为因变量，以资产的自然对数、净资收益率、主营业务收入的自然对数、毛利润率、主营业务收入的增长率和国有股占总股本的比例共六项财务指标为自变量，分行业进行逐步回归，以便分析相关财务因素对各行业上市公司资本结构的影响程度。结果如下：

表 3－6 分行业检验逐步回归分析结果

行业	自变量	参数估计		T 统计量		F 统计量 (P)	R^2 (调整的 R^2)
		估计值	估计法	T	P		
矿业	X_3	6.532813	OLS	11.235	0.0001***	30.136	0.9362
	X_6	6.182349		9.267	0.00012***	0.0001***	(0.9281)
	X_2	5.364752		8.021	0.0018***		
	X_1	5.801946		8.126	0.0017***		
纺织业	截距	34.635406	OLS	8.362	0.0001***	5.1653	0.2167
	X_3	0.150457		2.539	0.0072***	0.0217**	(0.2183)
	X_4	0.193483		1.908	0.0736*		
信息技术业	X_5	3.546832	OLS	4.625	0.0001***	4.0592	0.4305
	X_4	2.047861		3.692	0.0035***	0.04741*	(0.4461)
	X_2	1.867942		2.867	0.0152**		
商业	X_4	3.487312	OLS	10.652	0.0001***	23.657	0.9151
	X_3	0.189782		2.961	0.0085***	0.0001***	(0.9023)
房地产业	X_2	6.489242	OLS	10.452	0.0046***	41.339**	0.9474
	X_3	2.743568		1.5067	0.0082***	0.0031***	(0.9337)

说明：* 表示在 10% 水平下显著；** 表示在 5% 水平下显著；*** 表示在 1% 水平下显著。

从回归分析结果可知：

（1）矿业板块上市公司模型拟合优度指标达到 0.9281，

表示该模型的拟合效果非常好。以此类推，房地产模型拟合效果更好，调整后的 R^2 值为 0.9337；商业类模型拟合效果较好，调整后的 R^2 值为 0.9023；信息技术业模型中调整后的 R^2 值为 0.4461，拟合效果一般；纺织业模型中调整后的 R^2 值仅为 0.2183，拟合效果较差。

（2）在各行业模型中，反映自变量与因变量间线性关系的 F 检验均为显著。

（3）在矿业上市公司板块中，主营业务收入的自然对数（X_3）、资产的自然对数（X_1）、国有股占总股本比例（X_6）和净资产收益率（X_2）四个变量影响较为显著。

3.3.2.2 行业因素影响分析

运用单因素方差分析方法，来检验行业因素对上市公司资本结构的影响。

首先，对各行业资产负债率分别做正态分布检验和方差齐次性检验，结果显示表样本数据服从正态分布且同方差。然后设定：H 为组间均值无显著性区别，再设定：

$$[RSS/(k-1)]/[ESS/(n-k)] = F$$

式中，$k=5$，$n=407$，分别代表分组数和样本容量；ESS

与 *RSS* 分别代表组内离差的平方和与组间离差平方和，*F* 分布中的两个检验自由度分别为 4 和 403。检验结果见表 3—7。

由于 P 值小于显著性水平，因此原定假设不成立，因此行业类别中资本结构无差别的假设不成立，而行业类别对上市公司资本结构有所影响。即经检验，行业方面差异是造成上市公司资本结构差异的影响因素之一。

表 3 — 7　资本结构单因素方差分析结果

		自由度	均方和	F 值	P 值
RSS 组间离差平方和	0.782	4	0.243	15.1	0
ESS 组内离差平方和	6.476	403	0.018		
总和	7.258	407	0.261		

3.4　风险投资在矿产勘探开发中的应用

3.4.1　合理分工，促进我国勘探风险投资发展

大力推动我国矿产勘查投资与发展是实现立足国内保

障资源供给目标的前提，而如何引导、聚集并利用好国内外社会上的各种资金，以服务于我国的矿业开发勘探工作，形成并逐步完善矿产勘探活动良性运行机制是当前亟待解决的问题。由于我国的基本国情以及矿产开发企业的经济实力还比较薄弱等原因，笔者认为切实可行的做法是：对于战略性地质勘查工作项目由国家投资，而企业积极利用开拓风险资本承担自身的商业性找矿风险。

3.4.1.1　国家承担社会公益性、战略性地质勘查工作，是矿产勘查投资的重要组成部分

从矿产勘查投资的角度来看，国家承担的社会公益性、全局性的战略勘查工作应作为矿产勘查投资的重要组成部分。另外，还应充分地考虑到矿产勘查工作的高风险和高收益的特点，制定出台适当的激励政策，鼓励矿产企业合理利用金融手段开展矿产资源的勘查。

由国家所承担的对公益性、全局性的战略勘查工作的投资，是根据这部分公益性、全局性的战略勘查从效益上讲具有一定的外部因素，这类投资可以划归为"公共投资"的范畴。国家应承担对公益性地质调查和某些重大矿产专项计划，如加大地质调查中与矿产勘查有关的投入，组织

重大的如 305 项目那样的矿产专项计划等，为企业降低矿产开发风险奠定基础；国家的多种地质调查成果是矿产勘查企业的重要资源，故应加强全国性的地矿资源信息网络中心的建立；国家还应加大投资于地质科学技术的进步，推动矿产勘查技术手段的发展。这些项目一般都投资规模巨大，且经济效益非直接化，但对整体矿业经济的发展有着不可忽视的基础性作用。

3.4.1.2 企业逐步走向承担大部分自身矿产的勘查风险

勘查是矿业开发不可或缺的环节，是真正意义上的"风险投资"。

从计量经济学的角度来看，矿产勘查的投资与其收益一般不是直接相对应的，由于勘查结果的不确定性，在很多的勘查项目中的经济收益基本上为零，一旦发现矿源，却反映着以较少的投入可以获得极大倍数收益的可能性。目前我国能够自身进行矿产资源勘查的企业不多，在勘查成功概率较小的情况下，轻易不愿将自有资金过多地投向勘查工作；而对于中小企业虽然对投资勘探矿源的可能获得的超额利润较为看重，但过高的投资门槛和风险，让其望而却步。因此，应制定完善适应矿产勘查工作特点的投入激励机制，有效分散勘查风险，形成高风险高收益下的市场机制，激发企业的投资勘探活动和提高勘探技术的积极性，以利于更多的矿藏资源被发现开发。

这里还需特别指出的是：从西方国家的发展历史看，小型的勘探公司在矿业勘探开发中往往发挥着更多的作用，经常成为可开发的新经济矿藏资源的发现者。在国外，小型矿产勘探公司虽然规模较小，但公司往往拥有专业经济和实践经验较为丰富的地质专家和高效率的管理人员。这类小型矿产勘探公司业务目标针对性强，经营灵活，善于在勘探活动中应用新型技术，注重各渠道信息的收集和处理，办事执着，勇于冒险和开拓创新。一旦发现新经济矿床，他们通常会及时兑现项目收益，再将部分资金滚动投入到新的勘探工作。这种小型矿产勘查公司的独特作用，应引起我们的重视。

我国自改革开放以来虽很重视风险投资的发展，然而勘探业由于长期受国家计划经济体制的束缚，很难被风险投资者认识，这是对矿产勘探风险投资的最大思想障碍。实际上，在国外资本市场上，以矿产勘探开发为主业的上市公司屡见不鲜，如以加拿大的温哥华证券交易所为例，在其创业板的上市公司中有近 80% 比例的企业业务涉及矿产勘探行业。在美国 NASDAQ 上市从事石油勘探的公司有数十家，市值约 250 亿美元，其石油产量占美国国内石油产量的 12%。

在借鉴了加拿大、美国等西方矿业大国的勘探投资模式基础上，建立的一个适合市场经济的、科学的、以企业矿产勘探风险投资为主的商业勘查投资体制，一定会为我国的矿产勘查工作带来新的契机和发展。

3.4.2　实物期权在矿产勘查开发中的应用分析

"实物期权"是一种非金融期权，泛指非金融性商业投资所获得的未来开发、利用特定资产的权力。与金融期权相比， 实物期权其标的资产极少在趋近连续的市场中进行交易， 因此，标的资产价格就很难被持续地观测到，也就是说，实物期权在标的资产上存在着非可交易性（Nontradability） 和非可测性（Nonobservability） 问题。在不确定性日益增加的世界里， 作为一种管理工具， 实物期权具有广泛的实用性。

3.4.2.1 矿产勘查开发投资的特点

矿产勘查开发是一种高风险高收益的投资行为，影响其投资决策的主要因素有：投资量较大且成本的不可逆、投资回报不确定及市场具有一定的竞争性。

a. 投资量较大且成本的不可逆

矿产勘查开发是一项相对复杂的具有高投入需求的工作。一般的矿产勘查设备需要有地质勘探钻、凿岩机、矿石元素分析仪、测量仪等多种；而且矿产勘探的地域范围广阔，工作面铺得很大，经常在偏远、条件恶劣的野外作业，这些都需要大量费用支出。并且近年来，随着矿产品价格的持续走高，勘查开发成本水涨船高，以原油勘探为例，据星岛环球网（www.singtaonet.com）报道，近五年国际平均原油勘探成本暴涨了 4 倍。

另一方面，矿产勘查开发成本具有一定的不可逆性。矿产勘查开发投资在某些项目上失败，将不仅不能得到预期收益，连带着还要损失大部分的投入资金，即投入资金的大部分将变成所谓的"沉没成本"（Sink Cost），而无法收回。

b. 投资回报不确定

进行矿产勘探工作，不可能每笔投资都有回报。其实，真正能够找到适于经济开采新矿源的概率很小，这是客观不可控的事情。而且，在矿产勘探过程中，面对浩繁的勘查地域，稍有疏漏，就有可能与潜在的目标擦肩而过，实在令人感憾这项工作的残酷和不可捉摸。

可以说，矿产勘探开发投资虽然孕育着高收入的机会，但这种机会也是高度不确定的，加上前面所提到的高投入需求，综合体现了矿产勘探开发的高风险。

c. 市场具有一定的竞争性

矿产品价格走高，吸引了很多投资者准备介入这一行业。有些直接收购了现有矿源，有些则投入勘探找矿队伍中来。从目前发展趋势看，一旦发现并拥有较适于经济开采的矿床，就如同找到一项潜力巨大且收益持续的利润源，这种状况短时间内不会改变。这样，就愈发吸引具有一定风险承受能力的投资者们奔波其中，甚至有的圈地，有的贩卖初级地质资料，就如同市场上的"赌玉"行为等。因此，由于市场具有一定的竞争性，矿产勘探开发投资也要考虑竞争对手因素。

3.4.2.2 基于实物期权的海外矿产勘探开发的投资决策过程

a. 模型要素构成

假设海外矿产勘探风险投资的信息边界时刻为T_m，当

$t \le T_m$ 时，项目价值 V 为随机函数并服从布朗分布，表示为：$dV = aVdt + \sigma_1 Vdz$；当 t 跨过信息边界时刻时，即 $t > T_m$，项目价值 V 转化为新的随机函数，服从于新的布朗分布，表示为：$dV = \sigma_2 Vdz$。

式中，a 代表项目价值的增长幅度，$a<r$（r 是无风险利率），项目价值 V 表示在各自的期间具有一定的上限。d 和 z 分别代表在不同时间段内项目价值的波动幅度，其中，$\sigma_1 > \sigma_2$。σ_1 代表了勘探投资是否有矿储和矿储开发是否经济的不确定性。在矿产勘探完成后，是否有矿的信息已经明了，不再存在信息上的不确定性，但在开发阶段仍存在着矿储开采是否经济的不确定性，这种不确定性由 σ_2 来表示。

假设勘探过程中发生的成本为 I_1，而在后期开采开发过程中发生的成本为 I_2；又设定从勘探投资到勘探取得成功经历时间为 τ。

在初期，矿产企业具有勘探投资的期权，即拥有对某一可能储矿地区是否进行勘探工作的决策权。在勘探市场竞争的环境下（别的企业也可能进入该地区进行找矿勘测活动），该矿产企业执行勘探活动的时机为 T_1。一旦勘探获得成功发现矿源后，该企业同时将拥有新矿源后续开发的优先权，也就是对于新发现矿源进行开发投资的期权。

b. 项目期权的价值评估

用 $F(V)$ 表示项目期权的投资价值，根据 a 中表述公式可得到如下关系式：

$$dF = [\frac{1}{2}\sigma_2^2 V^2 F^{''}]dt + \sigma_2 VF^{'}dz \qquad (3.4-1)$$

对应的均衡条件是：

$$E[dF]dt = rF \qquad (3.4-2)$$

将（3.4-1）代入（3.4-2）求得 Bellman 微分后的表达式为：

$$\frac{1}{2}\sigma_2^2 V^2 F^{''} - rF = 0 \qquad (3.4-3)$$

该式的限定条件为：

$$F(V^*) = V^* - I_2 \qquad (3.4-4)$$
$$F^{'}(V^*) = 1 \qquad (3.4-5)$$
$$\lim_{P \to 0} F(V) = 0$$

限定条件中的 V^* 表示项目期权的临界值，投资成本表示为 I。

经换算可知，式（3.4-3）的解为：$F(V) = AV^{\beta_1} + BV^{\beta_2}$，其中 β_1 和 β_2 是二次 $\frac{1}{2}\sigma_2^2\beta(\beta-1) - r = 0$ 的正根和负根。

由式（3.4-4）和式（3.4-5），可得项目期权价值为：

$$F(V) = \begin{cases} AV^{\beta_1} & V < V^* \\ V - I_2 & V \geqslant V^* \end{cases} \qquad (3.4-6)$$

其中，$V^* = \dfrac{\beta_1}{\beta_1 - 1}I_2$，$A = \dfrac{(\beta_1 - 1)^{\beta_1 - 1}}{\beta_1^{\beta_1}I_2^{\beta_1 - 1}}$

通过以上分析，可以得到关于新矿源风险投资的第二阶段，即开发新矿源阶段的最优投资策略为：执行项目期权的最优时机 T^* 是该项目价值 $V \geqslant V^*$ 时，即 $T_m = \inf\{t : V \geqslant V^*\}$。

3.4.2.3 运用实物期权法分析中国矿业企业海外收购决策

假设：国内一家矿产企业面临海外两项拟投资收购的矿源 S_1 和 S_2，两者之中仅限选择其中一个，且收购活动成功的预期收益为 V。

收购活动可用维那过程的一般式来表示：

$$dw = udt + \delta dz \qquad (3.4-7)$$

经过随机时间 T，S_1、S_1 两项目之中一个将成为该企业的最终收购目标并实际执行。假设企业收购 S_1 或 S_2 项目成功，则在 T 的时点上会有额外的收益 Z，但如若拟收购的项目因寡头垄断的排斥而失败，则额外收益等于 0。

进一步设定 V 为收购成功后的矿源产权价值，$F(w)$ 表示通过新收购的海外矿源产品来满足国内需求所获得的收益。这样，收购成功后的总体收益为 $V+F(w)$。设 S_1 和 S_2 两项的 $F(w)$ 分别为 $F_1(w)$ 和 $F_2(w)$，则对一个理性的风险中立的企业来说，其最优选择是：$F(w) = \mathrm{Max}\,[F_1(w), F_2(w)]$。

总之，我国矿业企业在实施"走出去"战略过程中，无论是海外勘探还是收购参股国外矿业产权，由于诸多因素的影响，都将面临着较大的不确定性风险。这种不确定风险的客观存在，促使我们必须运用实物期权方法对海外项目投资进行动态分析，柔性决策，以减少不必要的经济损失。

3.5 小结

本章主要论述矿产企业在国内资本市场融资以及运用风险投资的问题。首先，对比了三种主要的融资方式；其次，对我国矿业上市公司市场表现进行分析，并运用实证分析方法探讨影响我国矿业上市公司资本结构的主要因素。再次，分析我国商业勘探引入风险投资问题，并进一步采用实物期权法研究我国矿业公司勘探投资和海外收购的决策行为。具体内容是：

3.5.1 在社会资金配置的方式上出现过三种主要融资形式，分别为商业信用融资、银行融资和股市融资

与前两者相比，股市融资可以通过资本市场更广泛地吸引聚集社会资金，并且还可以利用资本市场的规范机制和治理效应促进企业经营管理提升。

3.5.2 我国矿业上市公司的股票价格波动较大

矿业上市公司信息违规披露、信息造假、内幕交易等问题需要治理、改善。运用目前可以获得的数据资料，对影响我国矿业上市公司资本结构的因素进行实证分析表明，不同行业的上市公司资本结构之间具有一定的差异。

3.5.3 推动风险投资在矿产勘探开发中的应用

由于我国的基本国情以及矿产开发企业的经济实力还比较薄弱等原因，切实可行的做法是：国家应承担社会公益性、战略性地质勘查工作的项目投资，企业积极利用开拓风险资本承担自身的找矿风险。矿产勘查开发和海外收购的风险投资是在不确定性环境下的不可逆投资，并且风险投资所处产业的市场结构以及投资机会的共享性也会影响后期投资结果，因而可以运用实物期权分析矿产勘探开发和海外收购的投资决策过程。应用实物期权的思想与方法对企业的矿源勘探开发风险投资进行评价与决策，企业能够根据不确定性的随机变化动态地作出决策，这使得风险投资管理具有柔性。

4 "走出去"战略中的金融支持策略

4.1 立足国内，面向国际，提高我国矿产资源的保障能力

如何做到矿业经济的可持续发展？首先，要立足国内，加强对国内矿产资源的勘查力度，特别要加强对西部地区和近海领域的找矿工作，做到摸清家底、统筹安排和有序开发，切实实现矿产资源开发和保有储量之间的动态平衡。其次，要坚持科学发展观，转变经济增长方式，优化消费结构，提高资源利用效率，大力发展循环经济。再次，要积极稳妥地推进"走出去"战略。面向"两块市场、两块资源"，积极参与国外矿权投资，通过海外合作勘查和参股合营等多种形式，建立安全、稳定、经济的全球资源供应体系。

首先要立足国内。随着我国经济的快速发展，对矿产资源的需求规模日益扩张。作为一个人口约占世界五分之一和经济总量位居世界第六的发展中的大国，如果国内工业所需矿产品的供应完全依赖国际市场是不现实的，而且还会危及国家的经济安全。我国幅员辽阔，矿产资源种类繁多，近年来不断有储量规模巨大的资源新矿被发现，这说明我国仍有较大的矿产资源潜力有待进一步地深入开发和加强管理（参见附录一）。

另一方面，在立足国内的基础上还要积极向外，以多种形式参与境外资源矿产的勘查和开发，初步形成相对长期稳定充分的国际资源供应渠道。纵观世界没有任何一个国家能够完全依靠自身资源满足国内经济社会发展的各种需求，这一点是由地质作用的不均匀而造成的矿产资源分布的不均匀特性所决定的。我国也需要参与全球资源配置，特别是在当今经济全球化和我国经济实力有较大程度提高的背景下，面向国际，积极稳妥地实施"走出去"战略，切实可行。

从国别研究看，在 2005 年 APEC 国家所产各类矿产品产量数据表明（见表 4—1），对于中国所言相对紧缺的氧化铝、铁矿石和铜等矿产品生产上，澳大利亚要领先中国，

表4—1 2005年中国以及APEC国家的矿业生产

(单位: 千吨)

矿产地区	氧化铝	铝	矾土	煤	铜	金	铁矿石	铅	镍	锡	铀	锌
澳大利亚	17684	1903	65416	371000	930	0.263	262000	715	187	3	11.222	1329
加拿大	998	2894	0	65000	595	0.119	28000	79	198	0	13.713	667
智利	0	0	0	0	5321	0.04	8000	1	0	0	0	29
中国	7519	7806	20000	2226000	651	0.224	198000	1023	60	120	0.826	2525
印度尼西亚	0	252	2342	140000	1064	0.167	0	0	150	120	0	0
墨西哥	0	0	0	10000	429	0.031	12000	134	0	0	0	476
秘鲁	0	0	0	0	1010	0.208	8000	319	0	42	0	1202
菲律宾	0	0	0	3000	16	0.32	0	0	22	0	0	2
俄罗斯	2795	3647	6409	297000	805	0.176	97000	36	280	5	3.921	186
美国	4947	2480	221	1027000	1140	0.262	55000	434	0	0	1.218	747
APEC 总计	33957	19338	94390	4197000	12157	1.619	672000	2744	898	298	30.900	7295
世界总计	60746	32017	188780	5878000	15083	2.518	1313000	3298	1384	331	49.282	10118
中国产量占世界比例	12.38%	24.38%	10.59%	37.87%	4.32%	8.90%	15.09%	31.02%	4.34%	36.20%	1.68%	24.96%

资料来源: 中国矿业网, http://www.chinamining.com.cn/。

说明: 煤来源自 IEA 估计数字; 金来源自 GFMS 黄金普查; 铅和锌来源自国际铅锌研究小组数字; 镍来源自国际镍研究小组统计数字。

澳大利亚所拥有的三种矿产品 2005 年的产量分别是中国产量的 2.35 倍、1.32 倍和 1.43 倍；智利在铜的生产方面领先诸国，当年产量占世界铜的总量的 35.28%，而当年中国的铜产量仅占世界总产量的 4.32%；美国和俄罗斯两国的各项矿产资源的生产较为均衡，如果考虑到石油和天然气的当年产量，俄罗斯将相对更占优势。

中国矿业企业要积极"走出去"。在我国快速工业化的进程中，近年来矿物原料的消费急剧上升，已经深深地影响到全球矿产品市场的供求和价格。我国大宗矿产资源，除煤等少数矿种以外，自然禀赋较差。我国的矿业企业已认识到"走出去"参与全球矿产资源勘查开发的必要性。许多大型钢铁企业，到巴西、澳大利亚、秘鲁、南非开发铁矿，并取得成功，便是例证。紧缺的大宗矿产——石油、铜、铁、铝土矿、钾盐等——将是我国矿业"走出去"的首选矿种。特别是高品质的矿石，对我国矿业的海外投资具有特殊的吸引力。

近年来，我国企业纷纷加快对外资源类的投资与合作步伐。2004 年 1 月，宝钢集团与巴西淡水河谷公司（CVRD）签约，双方将在巴西合资建设钢厂，设计产能达 380 万吨。2004 年 3 月，宝钢集团与澳大利亚哈默斯利铁矿有限公司共同投资 1.24 亿澳元，组建宝瑞吉矿山合资企业，共同开发西澳帕拉布杜东西坡铁矿，合资期为 20 年。武钢集团、唐钢股份、马钢股份和江苏沙钢集团，分别与巴西淡水河谷公司和澳大利亚布罗肯希尔—比利顿公司联合成立合营企业，从而联合经营澳大利亚 Jimblebar 铁矿山，四大钢铁企业将各持有其矿山 10% 的股份，根据合营协议，Jimblebar 铁矿山将在今后 25 年内向我国四大钢铁企业销售总值达 90 亿美元的铁矿石，即每年向 4 家企业提供 1200 万吨铁矿石。2005 年起紫金矿业也起步进行海外投资的尝试，先后在加拿大、俄罗斯、秘鲁、塔吉克斯坦等 8 个国家和地区投资设立公司、收购矿业项目，累计投资 2.3 亿美元。[1]2006 年 4 月，中国国际信托太平洋公司（Citic Pacific）投资 4.15 亿美元购买了两个澳大利亚铁矿石工程来保证国内特殊钢厂的原料供应，其中从 Sino-Iron Pty 购买的 10 亿吨铁矿石储量工程耗资 2.15 亿美元，从 Balmoral Iron Pty 购买的 10 亿吨铁矿石工程耗资 2 亿美元。在 2004 年 5 月，中石化下属的中原油田勘探局就开始在埃

---

[1] 张彩林：《紫金矿业走出去 积极寻求赴菲律宾投资商机》，中国新闻网 2009 年 2 月 16 日。

塞俄比亚开展业务。2008 年 10 月，中石油则与尼日尔合资建成了津德尔炼厂，这也是尼日尔第一座炼厂，年加工能力 100 万吨。2009 年，自中国铝业与力拓公司达成 195 亿美元的注资协议后，中国最大的金属贸易商中国五矿集团宣布与澳大利亚资源公司 OZ Minerals 达成协议，以 26 亿澳元（约合 17 亿美元）的价格收购后者，以确保铜矿及锌矿的供应。

4.2 "走出去"战略的必要性——我国矿产品供需预测与国际贸易分析

4.2.1 需求预测

一个国家对矿产资源的需求取决于多方面的因素，除去政治稳定性和军事安全性因素外，主要的因素有四个方面：一是国民经济的增长速度；二是产业结构；三是科学技术水平；四是人口增长速度。应该说这四个因素都很重要。一般而言，经济增速越快，消费需求增幅越大。在产业结构中，以消耗能源原材料高的第二产业比重越大，对

表 4 − 2　主要矿产供需预测

矿产品	2010 年			2020 年		
	供应能力	需求	缺口	供应能力	需求	缺口
煤（亿吨）	16.00	18.25	2.25	18.00	21.05	3.05
石油（亿吨）	1.75	3.00	1.25	1.71	4.25	2.54
天然气（亿立方米）	1349	1100	−249	1650	1800	150
铁（矿石，亿吨）	2.20	5.29	3.09	2.40	5.34	2.94
锰（矿石，万吨）	350	925	575	350	935	585
铬（矿石，万吨）	20	290	270	10	440	430
铜（金属，万吨）	112	337	225	137	445	308
铅（金属，万吨）	107	85	−22	112	110	−2
锌（金属，万吨）	179	190	11	202	245	43
铝（金属，万吨）	354	800	446	405	1200	795
镍（金属，万吨）	5.29	8	2.71	5.97	12	6.03
硫（S235，万吨）	1970	2590	620	2120	3050	930
磷（矿石，万吨）	3810	3810	0	4580	4580	0
钾（KCl，万吨）	212	1214	1002	213	1717	1504

资料来源：中国矿业网，http://www.chinamining.com.cn/。

矿产资源需求愈强劲。科技水平高低将直接影响或决定单位 GDP 能源与原材料消耗量的大小。人口基数愈大，增长愈快，对矿产资源的消费需求增加也越快。实现工业化是我国未来一段时期内的主要目标和任务之一。虽然经过了一段时期的经济快速发展，未来 20 年间我国仍然处于工业社会前半期，即社会经济高速增长期。其特点就是：经济仍以较高速度增长；第二产业比重依然较大；科学技术虽有提高，但仍相对落后；人口增长率虽得到控制，但绝对人口增加数仍然庞大。这一特点决定了在未来 20 年内我国还处在矿产资源需求较高增长期，对矿产资源需求将十分强劲。

4.2.2 矿产品进口情况

过去几年，随着中国经济的快速发展，国内高涨的矿产品需求直接拉动中国矿产品的进口，尤其是石油、铁矿石和铜金属等矿产品的进口规模增长迅速（见表 4—3）。

由下表可知，我国近年来进口的原油、铁矿砂及其精矿、未铸造的铜及铜材、铜矿砂及其精矿、成品油和钢材几项主要矿产品规模不断攀升，进口金额从 2005 年至 2008 年分别为 1104:6 亿美元、1351.3 亿美元、1798.6 亿美元、2634.3 亿美元，其间年均增长 46.16%。从近年来我国矿产进口额的结构看（见表 4—4），金属矿砂及金

表 4 — 3   近年来我国石油、钢和铜的主要进口规模

进口项目	2008 年		2007 年		2006 年		2005 年	
	数量	金额	数量	金额	数量	金额	数量	金额
原油	18000	1293.3	16317	797.7	14518	664.1	12682	477.2
铁矿砂及其精矿	44000	605.3	38309	338	32630	209.2	27526	183.7
未铸造的铜及铜材	263.7	192.3	1687	205	206	124.2	253	93.3
铜矿砂及其精矿			452	88				
成品油	3885	300.4	3380	164.4	3638	155.5	3143	104.3
钢材	1543	243	1687	205.5	1851	198.3	2582	246.1

资料来源：国家海关总署网站。

说明：数量：万吨；金额：亿美元。

属废料和有色金属两项的进口额已经占全部矿产品进口额
33%，而石油及其产品进口额占全部矿产品进口额的比例
高达 37.2%。

我国相对短缺的主要矿产品有石油、铁矿石、铜、氧
化铝等，国内这些矿产品的产量远远不能满足国内消费需
求，致使我国目前对国外市场的依赖程度日益提高。其中，
国外进口石油量达到国内需求总量的 45.2%，进口铁矿石
占国内需求总量的比例为 55%，进口铜占国内总需求的
70%，进口氧化铝占国内总需求的 45%。另外，近年来虽

表 4 — 4 近年来我国矿产品进口额结构

矿产品	占全部矿产品进口额的比重（%）
石油及其产品	37.2
金属矿砂及金属废料	21.1
钢铁	19.6
有色金属	11.9
非金属矿物制品	4.0
天然气及人造气	2.0
制成肥料（磷肥钾肥）	1.9

资料来源：国家海关总署网站。

然由于国内钾盐产量有所增长，但其对进口钾盐的依赖程度仍高达 77%。

从国际国内资源供需和市场趋势来看，近期我国的战略矿产资源供需矛盾和安全风险还将加剧。在全球资源性产品价格不断上涨的情况下，我们不仅要面对价格波动带来的生产成本的增加和商业风险，而且要面对其中蕴藏着的潜在政治风险和资源安全风险。

4.3 解决中国矿业对外直接投资瓶颈的金融支持

中国未来发展对资源的巨大需求是其他国家不可比拟的，同时矿产资源对未来经济社会的持续发展起到十分重要的支撑作用；一方面，由于我国国内大宗支柱性矿产储量不足，保障程度低，远远不能保障工业化进程对资源的巨大需求；另一方面，在主要矿产品对外依存不断增大的同时，以垄断加剧和供需重心分离为特点的世界矿业格局，对中国的资源安全和经济利益构成严峻挑战。目前，资源安全对中国经济已经构成现实的影响，这一形势促使企业有必要走出国门直接投资境外矿产。

4.3.1 矿业企业对外直接投资金融支持的类型

一般而言，对外矿产资源开发项目投资决策的实际操作流程如下：

图 4 — 1 对外矿产资源开发项目投资决策的实际操作流程

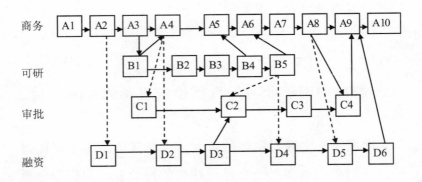

资料来源：李志民：《中国海外矿业投资决策过程基本框架和方法》，《钢铁研究学报》2008 年 6 期。

说明：图中相应字母含义如下：

A1：搜集、比较、筛选项目信息；A2：制定初步开发方案；A3：商务谈判签署非约束性协议；A4：商务谈判签署约束性协议；A5：分析各尽职调查报告；A6：分析中方可行性研究报告；A7：启动正式商务谈判，起草最终交易协议；A8：签署最终交易协议；A9：生效条件落实、资金到位并付款，交易协议生效；A10：项目公司成立运营。

B1：进行初步尽职调查；B2：中方尽职调查、可行性研究报告；B3：境外咨询机构尽职调查；B4：境外咨询机构出具法律、财务、技术、市场等尽职调查报告；B5：中方可行性研究报告、项目核准申请报告。

C1：向发改委递交项目信息报告，商务部项目备案法律、财务、技术、市场等尽职调查报告；C2：向发改委递交项目核准申请报告；C3：获得发改委项目核准批复；C4：向商务部、外管局递交相关申请，并获得批准法律、财务、技术、市场等尽职调查报告。

D1：进行内部技术经济分析，确定融资方案；D2：确定融资银行；D3：银行出具融资意向函；D4：银行评审；D5：评审通过签署融资协议；D6：放款。

以上环节中，融资环节是海外投资中常常遇到的"瓶颈"，主要表现在：

（1）资源国投资风险较大。我国矿产企业进入的矿产资源国大多数是欠发达国家，存在较为严重的政治腐败、政局不稳等问题，国家信用等级较低，投资风险较大。

（2）缺乏统筹规划和宏观指导。国内矿产企业在"走出去"过程中，缺乏统筹规划和宏观指导，基本上是各自为政，有时甚至恶性竞争。

（3）现行管理体制、政策法规不尽完善。我国企业在海外设立中资企业和进行购并等投资活动，需要政府多个部门审批；现行海外投资政策法规对企业在海外投资限制较多；涉及海外投资的财政、金融、外汇、税收等符合国际惯例的配套政策措施还不完善。这在很大程度上束缚了企业海外投资行为，付出了较大的机会成本。

（4）金融服务不能完全满足企业的需要。目前国内银行还没有建立起支持中国企业"走出去"的金融体系，金融工具和产品单一，仅限于提供贷款，在财务顾问、战略咨询、资本市场融资等方面，不能为企业提供高端的金融服务。

（5）缺乏有效的风险补偿和激励机制。矿产是高风险、高投入、高技术的行业，企业在海外面临的投资风险和其他风险就更大。但目前国家还没有出台相应的风险补偿措施和相关激励政策。

4.3.2　对外直接投资的融资理论分析

4.3.2.1　"双缺口"理论的简要内容

双缺口理论是 20 世纪 60 年代由美国经济学家 H. B. 钱纳里等提出的，用以分析发展中国家投资大于储蓄和进口大于出口的一种经济模型。他们认为发展中国家要提高国民经济增长率，就必须处理好投资与储蓄、进口与出口的关系。如果储蓄小于投资，就会出现"储蓄缺口"；如果出口小于进口，就会出现"外汇缺口"。其解决办法是引进外资，以刺激出口，提高储蓄水平，达到促进国民经济增长的目的。

双缺口理论指出了当一个发展中国家为了实现赶超目标而加大国内投资时吸引外资的必要性，即投资大于储蓄的缺口需要用进口大于出口的部分来弥补。其具体推导过程如下：

设国民收入为 Y，在开放的经济环境中，国民收入 Y 可以从供需两个角度进行分析。一方面从需求角度进行表示，包括消费（用 C 表示）、投资（用 I 表示）、政府支出（用 G 表示）与出口（用 X 表示），即 $Y=C+I+G+X$；另一方面，也可以从供给角度进行表示，包括消费（用 C 表示）、储蓄（用 S 表示）、政府收入（用 T 表示）与进口（用 M 表示），即 $Y=C+S+T+M$。公式两方面实现均衡的条件为：

$$Y = C + G = X = C + S + T + M \qquad (4.3-1)$$

进一步设定 $G=T$，即政府的收入与支出相等，从而推导得出：

$$I - S = M - X \qquad (4.3-2)$$

为了实现经济均衡，在式（4.3-2）中，左边项目即投资大于储蓄的部分形成了所谓的"储蓄缺口"，右边项目即进口大于出口的部分形成了所谓的"外汇缺口"，而"储蓄缺口"需要"外汇缺口"来补充。

4.3.2.2 对外直接投资融资需求模型

同理，根据国民收入模型，一国对外直接投资（即 $X-M>0$）的缺口，需要来自政府部门（即 $T-G$）和国内金融部门（即 $S-I$）的补充。具体推导过程如下：

设一个国家在经济相对封闭条件中 t 时点下的资本总量为 C_t，从资本来源角度分析，C_t 主要由政府税收 T、储蓄 S 和企业自我积累 E 构成，即 $C_t =T + S + E$；从资本支出角度分析，C_t 主要由政府支出 G、社会投资 I 以及企业投资（表现为企业自我资本积累的使用 E）组成，即 $C_t =G + I + E$，进而可以得出资本的平衡条件是：

$$C_t =T + S + E=G + I + E \qquad (4.3-3)$$

公式两边抵销 E 后，可得：

$$S+T=I+G \qquad (4.3-4)$$

考虑到在开放条件下，将具有外国资本流入 C_i 的因素加入资本来源，可得 $C_t = E + S + T + C_i$；而相应的，在资本支出中需加入了资本对外输出因素（用 C_0 表示），即 $C_t = E + I + G + C_0$。这时的资本平衡条件变为：

$$C_t = E + S + T + C_i = E + I + G + C_0 \qquad (4.3-5)$$

公式两边抵销后则有：

$$C_0 - C_i = (S-I) + (T-G) \qquad (4.3-6)$$

其中，等式左边项代表对外资本净流动情况，等式右边项有两部分构成，$S-I$ 表示该国金融部门的储蓄与投资的情况，$T-G$ 代表政府财政部门的税收与支出的情况。这样，为了实现经济均衡，一国的资本净流出缺口（即 $C_0 - C_i$），就需要储蓄与投资的缺口（$S-T$）与政府税收与支出的缺口（$T-G$）共同来补充。

从式（4.3-6）可解得：

$$C_0 = (S-I + C_i) + (T-G) \qquad (4.3-7)$$

式（4.3-7）右项中的 C_i 是国外资本的流入，由于这部分资本流入是出于商业利润的需求，所以可以与同样商业目标的金融部门内容进行合并。这样，对外直接投资 C_0 由两部分构成，一部分是商业化的金融部门的部分（$S-I + C_i$），另一部分是政策化的政府部门的部分（$T-G$）。而这两者的作用是互补的，当出现金融部门支持不足时，就需要由政府财政部门进行补充。

政府财政部门关于对外直接投资的支持有直接支持和间接支持两种。其中，直接支持是由财政部门直接出资，通过对贷款利率进行财政补贴，或财政出资设立基金。间接支持也分两种：一种是通过提供政策性金融服务进行支持，如对风险贷款的担保；另一种是通过提供政策性融资进行支持，如对政策性银行发放的符合国家政策项目的贷款，如发生呆坏损失，可以由国家财政进行核销。

4.3.2.3 对外直接投资的风险保障

对外直接投资具有高风险性和风险的复杂性特点，因而有着风险保障的需求。对外直接投资风险保障的需求，包括来自对外直接投资企业的风险保障需求和来自提供对外直接投资融资服务的金融机构的风险保障需求。

按照国际惯例，这些对外直接投资的风险保障也需要由政府部门来最终解决。对外投资保险一般是由国家出资经营或由国家授权商业保险机构经营的政策性保险业务。投资保险通过向跨境投资者提供中长期政治风险保险及相关投资风险咨询服务，积极配合本国外交、外贸、产业、财政、金融等政策，为跨境投资活动提供风险保障，对保单项下规定的损失进行赔偿，支持和鼓励本国投资者积极开拓海外市场，更好地利用国外的资源优势，以促进本国经济发展的目的。

对外投资保险源自二战后"欧洲复兴计划"中的投资保证方案。1948年，美国根据《对外援助法》制定了《经济合作法》，开始实施"欧洲复兴计划"，对战后欧洲进行经济援助，并通过投资保证制度促进本国国民对欧洲的投资，投资保险制度由此初步形成。20世纪六七十年代，许多经济合作发展组织（OECD）国家，如日本、法国、德国、加拿大、英国等，纷纷仿效美国的做法，通过本国的出口信用机构（ECA）或其他政府代理机构开展投资保险业务，用以推动和保护具有本国利益的跨境投资活动。投资保险制度由此广泛建立。进入20世纪90年代，全球经济一体化进程加速，跨国直接投资增长迅猛，国际资本流动加快，导致新兴市场风险日益显现，客观上形成了对投资保险的巨大需求，由此推动了投资保险业务的快速发展。

时至今日，投资保险已被各主要资本输出国在支持跨境投资方面广泛应用，被公认为是当今促进跨境投资和保护国际投资的通行做法和有效制度，并在国际投资活动中扮演着越来越重要的角色。

在我国，于 2001 年 12 月 18 日成立的中国出口信用保险公司（简称"中国信保"）是我国唯一承办政策性出口信用保险业务的金融机构，资本来源为出口信用保险风险基金，由国家财政预算安排。目前，中国信保已形成由 14 个分公司、8 个营业管理部和 28 个办事处组成的覆盖全国的服务网络，并在英国伦敦设有代表处。中国信保的主要产品包括：短期出口信用保险、中长期出口信用保险、投资保险、担保业务、国内贸易信用保险。主要服务有融资便利、国际商账追收、资信评估服务以及国家风险、买家风险和行业风险评估分析等。中国信保还向市场推出了具有多重服务功能的电子商务平台——"信保通"，使广大客户享受到更加快捷高效的网上服务。2002 年至 2008 年，中国信保累计支持的出口和投资规模为 1700 多亿美元，为数千家出口企业提供了出口信用保险服务，为数百个中长期项目提供了保险支持；同时，中国信保还带动 110 家银行为出口企业融资 3500 多亿元人民币。

4.3.2.4 政策性金融对外直接投资保险的作用

政策性金融对外直接投资保险所承担的风险包括：(1)汇兑限制。指投资所在国政府实施的阻碍、限制投资者把当地货币兑换为投资货币或汇出投资所在国的措施，或者使投资者以高于市场汇率的价格将当地货币兑换为投资货币或汇出投资所在国的措施。(2)征收。指投资所在国政府采取国有化、没收、征用或未经适当法律程序的行为，剥夺了被保险人或项目企业对投资项目的所有权和经营权，或剥夺了被保险人或项目企业对投资项目资金的使用权和控制权。(3)战争及政治暴乱。指投资所在国发生的战争、革命、暴动、内战、恐怖行为以及其他类似战争的行为。战争项下的保障范围包括因战争造成的项目企业有形财产的损失和因战争行为导致项目企业不能正常经营的损失。(4)政府违约。指投资所在国政府违反或不履行与被保险人或项目企业就投资项目签署的有关协议，且拒绝按照仲裁裁决书中裁定的赔偿金额对被保险人或项目企业进行赔偿的行为。(5)承租人违约。指承租人因不可抗力以外的原因，不能向被保险人或出租人支付《租赁协议》下应付租金的行为。

政策性金融对外直接投资保险的功能与作用表现在：

（1）补偿损失。投资保险为投资者因遭受政治风险而产生的投资损失提供经济补偿，维护投资者和融资银行权益，避免因投融资损失而导致的财务危机或坏账。同时，由于中国信保对项目的介入和参与，可以在某种程度上有效规避政治风险的发生。中国信保以中国政府为依托，可以通过承保项目对项目所在国施加影响，从而降低项目的征收和政府违约等风险。在出现投资纠纷后，中国信保可以借助外交等手段来协助化解投资者和有关政府之间的纠纷，最大程度防范风险发生。（2）融资便利。海外投资风险高，融资难度大是跨境投资者所面临的一个普遍问题。投资保险通过承保政治风险，为投资者提供融资便利，同时也为投资者降低了融资成本，帮助投资者获得较为优惠的信贷支持。中国信保积极参与国际资本市场的运作，与众多国际性投资银行和商业银行等金融机构建立了紧密联系，为投资者提供多渠道、多样化的融资支持服务。（3）市场开拓。在投资保险保障的基础上，配合中国信保专业化的投融资风险管理服务，投资者可以更有信心地开拓新市场、投资新项目，从而实现分散投资风险、增强企业国际竞争实力。中国信保定期发布并更新 190 个主权国家的《国家风险分析报告》，为政府部门和投资者提供国别风险分析服务。中国信保还对重点国别进行考察研究，了解当地投资环境，收集项目信息，并与有关国家的政府签订合作协议，不断增强风险防范能力。（4）提升信用等级。投资保险通过承保特定风险，降低投资者和融资银行承担的风险，提升投资者和被保险债权的信用评级，增加债券和股票的投资吸引力，为投资者赢得更具竞争力的发展空间（具体内容参见附录二）。

4.3.2.5 政策性金融融资对外直接投资的意义

a.政策性金融融资对经济社会的意义

"市场失灵"现象的客观存在，要求政策性金融应适度介入对外直接投资领域，当商业性金融因对外直接投资高风险而形成对外直接投资融资不足时，应用政策性金融来弥补这块不足（见图4—2）。

在图4—2所示的对外直接投资资金供需关系中，坐标横轴表示对外直接投资的资本数量，由左至右表示经济社会中对外直接投资的资本数量逐渐增加；坐标纵轴表示所对应的资本价格，由下至上逐渐提高；S 和 D 分别代表对外直接投资的资本供给曲线和对外直接投资的资本需求曲线，资本供需平衡点在 E 点，$\int_{o}^{Q} E$ 为在现有资本供需

图 4 — 2　政策性金融介入在经济社会中的作用

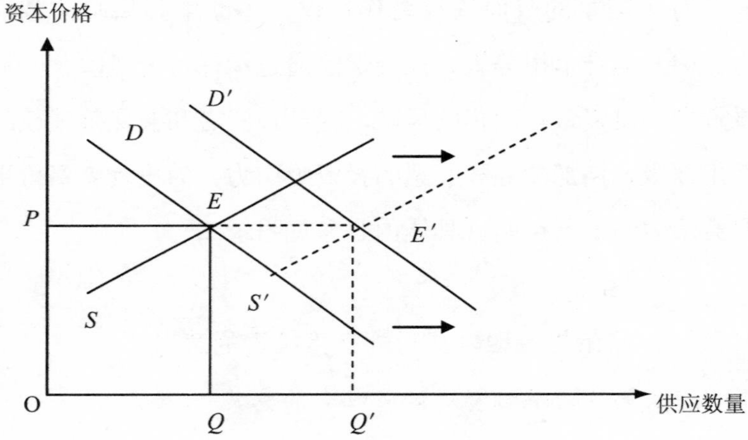

均衡下的收益。当政策性金融介入后，由于政策性金融所参与的是原商业资本不愿涉足的对外直接投资的高风险项目，因而对商业金融的资本供给没有形成所谓的挤出效应，所以会增加用于对外直接投资的资本总量。而且，相对于商业性资金成本而言，政策性金融的贷款利率一般不会高于商业性金融贷款利率，这样也不会因政策融资的介入而提高市场中资本的价格水平。这时资本供应线由 S 平移到 S'，并与由 D 线平移 D' 相交在 E' 点上实现新的均衡。在 E' 点上，由于政策性金融的加入，对外直接投资的资本供

给总量有所增加，但其价格未有明显变化，在新的均衡点上的收益为$\int_{O}^{Q'}E$，且$\int_{O}^{Q'}E - \int_{O}^{Q}E = \int_{Q}^{Q'}E > 0$。

b. 政策性金融资本介入的"虹吸效应"

就单个海外直接投资项目而言，在筹资过程中如果有政策性金融资本的介入，就会吸引更多的商业性金融资本的积极跟进，起到所谓的"虹吸效应"。

如图4—3，某一海外直接投资项目的预期经济收益总量是相对稳定的，用V来表示，V可用对外直接投资资本的数量与考虑风险加权后的单位资本收益的乘积

图4—3 政策性金融介入对对外直接投资的促进作用

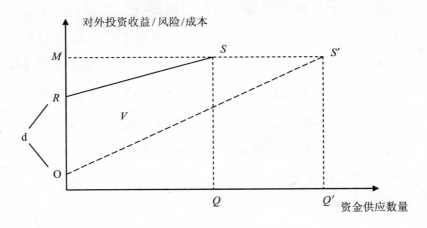

来计算。在图 4－3 中，M 线是政策性金融介入对外直接投资项目可承受的风险上限，这也是该项目可承受的最高风险上限，因为一旦突破这一上限，无论是商业性金融或是政策性金融都不会再投资。R 表示在没有政策性金融介入的情况下，对外直接投资项目的单位收益下限，即只有项目的单位投资收益大于 R，才会有资金愿意进行投资。

此时，如果有政策性金融资本投资，由于其对降低资金成本和项目投资风险上有影响作用，故项目的风险加权后单位资本收益下限将从 R 点下移至 O 点。在项目预期经济收益总量 V 和项目可承受风险上限 M 都不变的情况下，单位资金收益门槛限制的降低，将带动对外直接投资资金总量的增加。这时，社会资金供应量从 Q 点移至 Q' 点，资金供给曲线由 S 转变为 S'。并且就单个对外直接投资项目而言，政策性金融的介入直接分散了一部分项目风险，促使商业性金融投资的风险阀值降低，这会对商业性金融的资金产生"虹吸效应"，从而带动更多的资金投入。

4.4 开发性金融案例分析

4.4.1 开发银行介入符合矿业海外投资的需要

作为开展中国政策性银行业务的国家开发银行，体现着我国社会主义初级阶段其代表政府参与经济管理、规范提供制度框架和推动经济良性运行的多重角色的特点。以国家开发银行为代表的开发性金融机构通过必要的信用体系和制度体系来防范风险，可以在一定程度上有效弥补现有商业性金融在海外投资服务上的不足。

2008 年 2 月 1 日，伦敦证券交易所发布公告，中国铝业公司宣布联手美国铝业（Alcoa）购入全球矿业巨头力拓（Rio Tinto）9% 股份，交易总对价约 140.5 亿美元。这是迄今为止，中国企业最大的一笔海外投资，也标志着中国企业通过国际资本市场全面加入全球矿产资源竞购战。此次交易的顾问是投资银行雷曼兄弟和中国国际金融有限公司，而提供信贷融资金融机构便是国家开发银行。

现今国家开发银行正在努力结合自身在国内有效开展的开发性金融的成功经验，积极探索并将其创造性地运用到实施我国矿产企业"走出去"战略的实践中去。通过多种方式，为我国矿产企业进行海外矿业投资以获取长期稳定的外部矿产资源提供有效支撑。

4.4.2 开发银行支持我国矿产企业"走出去"的主要思路

国家开发银行是我国成立最早、规模最大的政策性银行，长期致力于支持基础设施、基础产业、支柱产业的建设和发展。2008 年 12 月成功实施了股份制改革，由财政部和中央汇金投资有限责任公司代表国家控股。改革后的开发银行仍主要开展中长期信贷与投资等金融业务，服务于国民经济重大中长期发展战略。国家开发银行近年来与中国五矿、中铝集团、中建总公司、中色集团、中铁、中化集团等国家大型企业及中国出口信用保险公司建立了稳定的战略合作伙伴关系，并与中国对外工程承包商会签订了合作协议，从而为国家开发银行的"走出去"业务建立了稳定可靠的客户群体，形成了"走出去"战略联盟。截至 2008 年末，国家开发行的外汇贷款余额达 645 亿美元，其中用于境外"走出去"项目的贷款余额为 404 亿美元，均在国内同业中名列第一。

国家开发银行对企业"走出去"的支持领域主要集中

在三个方面：一是能源，主要是石油、天然气；二是原材料，主要是金属和非金属矿产；三是外交，主要是关系到与周边及重要国家外交关系的一些重大基础设施项目，如铁路、公路、住房等，也包括印尼、菲律宾、巴西、俄罗斯等自然条件优越国家的农林开发项目。支持的重点地区是：亚洲、拉丁美洲和非洲等能源和矿产战略资源的国家。与亚非拉国家进行开发性金融合作的有利因素：首先，这些国家在全球政治经济格局中与中国有共同利益，历史上外交关系一直很好，近年来随着高层出访的增加，政治互信和经济互助进一步增强。其次，这些国家拥有丰富的能源和矿产资源，是我国经济发展迫切需要的战略性资源。特别是拉美国家，不仅资源条件好，生态环境和发展农林牧业的自然条件也很好，能为我所用。再次，这些国家由于市场发育滞后、体制建设缺损，经济社会发展水平比较低，特别是在电力、公路、电信等基础设施，以及城市建设、安居住宅建设、农牧业等领域很落后，如古巴、委内瑞拉等自然条件很好的国家，粮食也不能自给。在这些领域，中国已经具备比较强的技术、设备、施工、管理和竞争能力，双方开展合作的潜力很大。

4.4.2.1 以援建基础设施作为换资源的抓手

在实施我国矿产企业"走出去"战略的过程中，所选择投资的大部分目标国，其经济发展水平相对不高，基础设施落后，亟待引入外援资本投入完善。国家发展银行在充分借鉴国内基础设施建设成功经验的基础上，充分发挥其开发性金融所具有的提供支持大额中长期信贷的优势，帮助资源国政府进行基础设施建设投资，促进有益于提高当地居民生活水平的市政基础设施建设。而资源国可以用等价的矿产资源来偿付国家开发银行对这些项目投资的贷款本息。通过这种"以投资换资源"的模式，可以从一个较为恰当的角度间接支持我国矿产企业进入海外投资，特别是针对较为敏感的矿产资源领域的投资。

4.4.2.2 积极为合作开发国外矿产资源提供必要的资金支持

一方面，国家开发银行可为依据国家宏观规划，系统周密地为体现国家意志和利益的海外矿产资源投资利用布局服务，通过各种渠道和方式，以资金支持为主要手段，辅助国内矿产企业"走出去"找资源作投资。另一方面，国家开发银行还可与国内矿产企业合作共同出资，设立适应当地国情的海外矿产勘探开发风险基金，最大限度地减少和规避国内矿产企业为国家利益而承担的投资风险，为中国矿业企业"走出去"战略目标的实施，解除后顾之忧。

4.4.2.3 打造并综合维系长期稳定的国与国之间的友好互信互助关系

国家开发银行可以运用政策性金融和开发性融资的双重优势，成为我国对外经济交往和合作的主要参与者之一，从而更好地为我国外交事业的发展服务，而且对带动引导国内更多的金融机构发展海外业务提供便利条件。在长期的友好互利、合作发展的过程中，积极打造并综合维系与资源国长期稳定的互信互助互利关系，合理防范资源国家的政治风险，创造良好的海外声誉与地位。

4.4.3 "中非发展基金"支持我国矿产企业"走出去"的主要举措

开发银行作为我国最大的对外投融资合作银行，从2005年开始，开发银行探索以市场化手段服务国家"走出去"战略，投棋布子，向海外派出工作组，开启了国际合作业务的新局面。在国家有关部门的支持下，开发银行发挥中长期投融资优势，大力支持中国企业开展国际合作，把维护国家利益与支持所在国发展相结合，实现互利共赢。近两年来，成功运作了中俄石油、中巴石油、中委联合融资基金、中土天然气合作等一批重大项目。其中"中非发展基金"在支持我国矿产企业"走出去"中发挥了重要作用。

2006 年 11 月 4 日，胡锦涛主席在中非合作论坛北京峰会上宣布，为推动中非新型战略伙伴关系发展，促进中非在更大范围、更广领域、更高层次上的合作，中国政府将采取 8 个方面的政策措施，其中第三项是"为鼓励和支持中国企业到非洲投资，设立中非发展基金，基金总额逐步达到 50 亿美元"。2007 年 3 月 14 日，中国政府正式批准中非发展基金成立，首期 10 亿美元由国家开发银行出资承办。2007 年 6 月 26 日，中非发展基金举行了开业仪式，正式开始运营。

4.4.3.1 基金的性质和特点

中非发展基金以推动中非互利合作、促进非洲发展为目标，采取股本投资的方式，帮助中国企业到非洲开办企业，推动中非企业合作，促进所在国的基础设施建设和经济社会发展，推动中非新型战略伙伴关系进一步发展。

中非发展基金主要对到非洲开展经贸活动的中国企业、中国企业在非洲投资的企业和项目进行投资参股，帮助企业解决资金不足问题。中非发展基金不是援助，也不按国别分配，基金按照市场规则运作，投资于项目，并考虑投资效益。中非发展基金也不同于贷款。对企业而言，基金参股共担风险，不会增加企业负担，还可以扩大企业融资的规模。对非洲国家而言，基金也不会增加其债务负担。

4.4.3.2 基金的运营机制

中非发展基金采取自主经营、市场运作、自负盈亏、自担风险的方式进行运作。中非发展基金有限公司建立规范的公司治理结构，选聘专业化队伍，按照国际通行的规则管理基金。

4.4.3.3 基金的投资对象

中非发展基金的投资对象主要为到非洲开展经贸活动的中国企业、中国企业在非洲投资的企业和项目。基金旨在促进中非关系健康发展，投资行为及投资对象必须遵守符合中国及投资所在国的法律法规，以及环境保护与社会发展政策。

4.4.3.4 基金的投资方式与业务范围

中非发展基金的投资方式与业务范围是：（1）股权投资。中非发展基金主要对到非洲开展经贸活动的中国企业、中国企业在非洲投资的企业和项目进行投资参股。基金投资原则上不控股、不做第一大股东。（2）准股权投资。选择国家政策许可的、符合投资项目所在国法律法规的方式进行投资，包括但不限于优先股、混合资本工具、可转换债等准股权方式。（3）基金投资。作为"基金的基金"，将适当比例资金投资于其他投资于非洲的基金。（4）投资管理及咨询服务。为更好地发挥促进中非合作的桥梁作用，有利于投资的顺利退出和保值增值，为各类企业（不限于被投资企业）提供管理、咨询、财务顾问等服务。（5）经批准的其他业务。

4.4.3.5 基金的投资行业与领域

中非发展基金重点支持的行业和领域包括：（1）对非

洲国家恢复、发展经济具有重要作用，能够帮助其提高自身"造血"机能的农业、制造业；(2)基础设施和基础产业，如电力及其他能源设施、交通、电信和城市给排水等；(3)资源领域合作，包括油气和固体矿产等资源合作；(4)中国企业在非洲开办的工业园区等。

中非发展基金是我国开发性金融机构在海外搭建的合作平台，有助于通过合作形成与海外的矿源投资目标国的共识和合力，互利双赢，共同发展，支持国内矿业企业更好、更快、更健康地实施"走出去"战略。

4.5 小结

本章主要探讨研究我国矿产企业在"走出去"战略中的金融支持策略问题。具体内容是：

4.5.1 为实现我国矿业经济的可持续发展，在立足国内的基础上还要面向国际，充分利用国际资源

矿产资源是地质作用的产物，地质作用的不均匀性导

致矿产资源分布的不均匀性，这就决定了世界上没有任何一个国家能够完全依靠自身的资源满足经济和社会发展的需要，必须进行全球配置。特别是在经济全球化趋势不断加强和我国加入世界贸易组织的大背景下，面向国际，参与全球资源配置也是我们的必然选择。

4.5.2　通过统计数据分析，我国矿业经济"走出去"战略的主要原因

一是国内供需存在日趋加大的缺口；二是在国际贸易方面，近年来我国对石油、铁矿石、铜金属等进口依赖度呈逐年增加趋势，尤其是石油和铁矿石对进口的依赖程度增加更快。这两点是我国实施矿业经济"走出去"战略的现实条件和现实依据。

4.5.3　矿业企业对外直接投资金融支持的主要参与者是商业性金融机构和政策性金融机构

由于矿业海外投资环境的复杂性，目前我国应综合运用商业性和政策性金融为海外直接投资的项目进行融资。根据

凯恩斯国民收入的"双缺口"理论模型，推导出对外直接投资需要商业性金融部门和政策性部门的共同支持，而且正是由于政策性金融的介入，海外直接投资项目融资的准入门槛才有所降低，并对商业性金融资本具有"虹吸效应"。

4.5.4 对外直接投资担保是我国矿业企业"走出去"战略中的重要环节

对外直接投资受具有高风险性和风险的复杂性特点，因而有着有风险保障的需求。对外直接投资风险保障的需求，包括来自对外直接投资企业的风险保障需求和来自提供对外直接投资融资服务的金融机构的风险保障需求。按照国际惯例，这些对外直接投资的风险保障也需要由政府部门来最终解决。

4.5.5 开发银行对矿产企业的支持

以国家开发银行支持我国矿产企业"走出去"为例，分析了国家开发银行在支持我国矿产企业"走出去"的实践中的主要思路和操作方式。

5 金融机制对我国矿业经济科学发展的引导与影响

5.1 充分发挥金融杠杆作用，优化整合冶炼产业

5.1.1 我国钢铁集中度过低影响对外铁矿石采购价格谈判

中国目前是世界上最大钢铁生产国，但产业的集中度很低。目前国内前 10 家钢铁企业的年产钢量占全国总产量的比例仅为 32%。而与之相比，韩国的浦项制铁一个企业就占据了韩国 65%；在日本，前 5 家钢铁企业的钢产量占全日本钢产量的 75%；日本钢铁企业在铁矿石谈判中长期占据主导地位，原因就在于其产业集中度高，更容易团结一致，协调对外（见表 5—1）。

表 5 — 1 2006 年度铁矿石价格谈判进程表

日期	事件
2005 年 11 月下旬	2006 年度矿石价格谈判启动，双方开始接触
2005 年 11 月 21 日	钢协在济钢召开进口铁矿石工作会议，16 家大钢厂参加
2005 年 12 月 10—20 日	第一轮铁矿石价格谈判结束
2006 年 1 月 12 日	钢协在邯郸召开第二次进口铁矿石工作会议，16 家大钢厂参加
2006 年 1 月 25 日	第二轮铁矿石价格谈判破裂
2006 年 2 月 18 日	第三轮铁矿石价格谈判破裂，宝钢上调第二季度钢材价格
2006 年 2 月 24 日	BHP 称第四轮铁矿石价格谈判将推迟到 4 月开始
2006 年 3 月 2 日	商务部开始施行限制现货矿价格措施，以配合矿价谈判，到岸价格超过标准的，都将暂缓发放进口许可证
2006 年 3 月—4 月	澳洲对中国政府干预矿价谈判大为不满，商务部、钢协先后发表声明，中外媒体各种评论铺天盖地
2006 年 3 月 29 日	CVRD 公开向媒体透露涨价 24% 的愿望，招致中国钢协公开指责
2006 年 4 月 5 日	CVRD 发表声明回应中国钢协，双方分歧公开化
2006 年 4 月 2 日	温家宝总理访澳，中外媒体各种猜测，中国可能与澳达成 10%—12% 的涨价协议
2006 年 4 月 5 日	第四轮铁矿石价格谈判破裂
2006 年 4 月 7 日	钢协在莱钢召开进口铁矿石工作扩大会议，70 家钢厂参加
2006 年 4 月 28 日	第五轮铁矿石谈判开始，CVRD 威胁将长期合同下铁矿石转卖现货
2006 年 5 月 15 日	CVRD 与蒂森—克虏伯达成协议，2006 年粉矿价格上涨 19%，球团矿价格下跌 3%
2006 年 5 月 17 日	CVRD 与意大利里瓦钢铁、日本 JFE 神户制铁达成协议，粉矿价格上涨 19%，球团价格下跌 3%
2006 年 5 月 18 日	CVRD 与浦项、Hamersley 与日本钢厂达成协议
2006 年 6 月 20 日	中国与 BHP 达成协议，接受 19% 涨价

资料来源：新浪财经，http://finance.sina.com.cn/focus/iron2008/index.shtml。

5.1.2 我国钢铁产业发展的政策和建议

加速国内钢铁企业兼并重组进程，提高产业集中度，有利于提高我国钢铁企业技术水平和竞争实力，从而有助于理顺我国钢企与铁矿供应商的关系，摆脱在铁矿石谈判中的被动地位。

5.1.2.1 通过资产重组联合并购等方式，提高产业集中度

企业通过联合与重组，组建大型企业集团有利于企业生产能力与市场、资源实现合理配置，优化布局；有利于产品专业分工，实现品种结构调整；形成合理的生产规模，实现设备大型化、连续化、自动化、现代化，淘汰落后生产能力；有利于产供销的灵活性和经营机制现代化管理，提高企业竞争力。

钢铁产业中的规模经济效应比较明显，产能过剩和生产过于分散不但不利于产业技术创新和降低经营成本，而且还势必造成资源的严重浪费和环境的严重污染。在国家发展与改革委员会公布的《钢铁产业发展政策》中明确提出："大型钢铁企业均要进行股份制改造并支持其公开上市，鼓励包括民营资本在内的各类社会资本通过参股、兼

并等方式重组现有钢铁企业，推进资本结构调整和机制创新。"同时，支持钢铁企业向集团化方向发展，鼓励有条件的大型企业集团，进行跨地区的联合重组。"通过强强联合、兼并重组、互相持股等方式进行战略重组，减少钢铁生产企业数量，实现钢铁工业组织结构调整、优化和产业升级。"在《钢铁产业政策》中制定出的规划是"支持和鼓励有条件的大型企业集团，进行跨地区的联合重组，到2010年，形成两个3000万吨级、若干个千万吨级的具有国际竞争力的特大型企业集团"，通过钢铁产业组织结构的调整，实施兼并、重组，"扩大具有比较优势的骨干企业集团规模，提高产业集中度，到2010年，钢铁企业数量有较大幅度的减少。国内排名前10位的钢铁企业集团钢产量占全国产量的比例达到50%以上，2020年达到70%以上"。

事实上，目前的重组方向已经初显端倪。未来钢铁业重组的发展方向，将是建立鞍山钢铁集团、武汉钢铁集团、宝山钢铁集团、首都钢铁集团、攀枝花钢铁集团五大新的钢铁航母。

5.1.2.2 科学统筹规划，合理选择操作模式

按照相关钢铁行业的总体重组规划要求，至少要培育

4 家年产钢 4000 万吨的大型钢铁集团，才能实现"前 4 家钢厂的产业集中度达到 50% 左右"的规划目标；而对于"前 8 家钢厂的产业集中度为 70% 左右"的规划目标，则这 8 家中的平均每家钢铁企业的年钢产量需达到 3000 万吨至 3500 万吨才可实现。重组形成如此巨大生产规模的钢铁企业，金融支持不可或缺。

2008 年 12 月 6 日，中国银监会发布《商业银行并购贷款风险管理指引》（以下简称《指引》）[1]，允许符合条件的商业银行开办并购贷款业务，这标志着冰封 12 年之久的并购贷款业务正式解冻。1996 年中国人民银行制定的《贷款通则》规定借款人"不得用贷款从事股本权益性投资"。2008 年 12 月 3 日金融"国九条"出炉，首次提出"创新融资方式，通过并购贷款、房地产信托投资基金、股权投资基金和规范发展民间融资等多种形式，拓宽企业融资渠道"。作为"国九条"的重要配套规范，《指引》的及时出台正式放行了并购贷款这一新型并购融资方式，同时也为我国钢铁行业按市场规律进行兼并重组创造了切实可行的条件。

---

[1] 中国银监会关于印发《商业银行并购贷款风险管理指引》的通知，银监发 [2008] 84 号。

5.2 利用金融衍生工具，合理引导矿产品价格

5.2.1 我国主要金属期货交易发展现状

a. 铜金属期货已成为我国期货市场较为成熟的品种之一

目前，上海期货交易所的铜期货交易量仅次于伦敦 LME，位于世界第二。由于其影响力的提高，其价格发现功能和套期保值功能也愈发引起人们的重视，形成与 LME 互为引导的态势，基本摆脱影子市场的从属地位。

图 5－1 SHFE 和 LME 的期货铜对比
（2008 年 1 月 1 日至 2008 年 11 月 29 日）

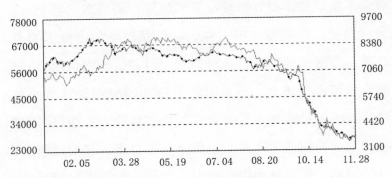

SHFE 价格：元／吨（——）；LME 价格：美元／吨（——）

资料来源：根据上海期货交易所期货周刊数据整理。

虽然世界上第一大铜期货交易所——伦敦金属交易所——中的铜期货价格波动对沪铜期货价格有较大影响，但从因果检验的结果看，沪铜没有跟随伦铜的走势，而是走出了自己独立的行情。图5—1用一组对比说明该结果。

b. 黄金及其期货产品投资目前成为热点

我国现今已有三家商业银行被批准开办纸黄金交易业务（见表5—5），而且在此基础上推出了银行网上黄金期货、期权交易。

c. 钢材期货重新启动

近几年，全球钢材产量随着发展中国家尤其是中国的迅速崛起而增长，钢材价格波动日益频繁，企业规避风险需求不断增加，国外期货交易所纷纷计划或者已经上市了钢材期货，以掌握并扩大在国际钢铁市场的定价影响力。日本、印度也都上市了钢材期货，但是这些钢材期货交易的市场流动性不高，还远远没有成为国际钢材定价中心，这为我国钢材期货市场的发展提供了机遇。我国已经成为全球最大的钢铁生产国、消费国和出口国，规模远超世界其他国家，拥有最为广阔的现货市场，发展钢材期货具有得天独厚的优势。钢材期货上市后，国内钢铁企业应当紧紧依靠现货市场的优势，通过在国际贸易中采用并不断向

表5—5 三家纸商业银行黄金交易方式对比

银行名称	业务介绍	交易方式	交易时间
中行——黄金宝业务	2003年11月18日中国银行上海市分行率先试运行人民币对本币金的个人实盘黄金买卖业务,也称"黄金宝","纸黄金"买卖,是指个人客户通过柜面服务人员或其他电子金融服务方式,进行的不可透支的人民币对本币金的交易(或美元对外币金交易),开创了国内个人投资者炒金的先河。	柜台交易——凭"活期一本通"存折前往中国银行营业网点办理业务。电话交易——打通95566电话,按语音提示操作。网上交易——登陆中行网站www.bocgd.com,成功注册"黄金宝"交易功能,即可交易。	柜台交易:各营业网点营业时间,一般为柜台交易时间:9:00—17:00。网上、电话交易:周一早上8点至周六凌晨3点。
工行——金行家业务	"金行家"业务属于实盘买卖业务,您的第一笔黄金必须为实入黄金,您买入的黄金由工行托管,不能您提取实物黄金,您可通过工行卖出账户黄金,收回资金。	电话银行——申请开通电话银行后,进行即时交易和委托交易。网上银行——申请开通网上银行后进行即时交易和委托交易。自助设备——在工行的自助终端机上,查询实时汇率,并通过输入"活期一本通"账号和密码进行账户黄金买卖的即时交易。	柜台交易时间:09:00—17:00。网上银行和电话交易时间:周一7:00至周六04:00。
建行——龙鼎金业务	"龙鼎金"是建设银行个人黄金买卖业务的统一品牌名称,寓意"金九鼎,价值永恒"。目前,"龙鼎金"品牌下包括个人账户交易、个人实物黄金买卖两大类业务。	柜台交易——凭存折前往中国建设银行营业网点办理业务。电话交易——打通95533电话,按语音提示操作。网上交易——登录建行网站www.ccb.com.cn,成功注册"龙鼎金"交易功能,即可交易。	柜台交易时间:9:00—17:00。网上银行和电话交易时间:10:00—15:30,20:55—23:30。

资料来源:中国黄金资讯网,http://www.go24k.com。

国际市场输出包含更多"中国因素"的期货价格，将国内钢材期货价格逐步塑造成为国际定价基准，从而为我国钢铁企业在国际谈判中提供主动性和主导权，真正提高我国钢铁工业的国际竞争力。

2009年4月，上海期货交易所推出线材和螺纹钢期货合约（见表5—6）。由于钢材分类多样，规模复杂，品种繁多，而且国外上市的钢材期货合约标的也千差万别，有废钢、钢坯、板材等，经过深入调查论证和反复权衡，最终确定将线材和螺纹钢作为交易标的，这主要是考虑了以下几方面的原因：一是我国国民经济和钢铁产业发展的现状。目前，我国正处于工业化、城市化过程中，对线材和螺纹钢的需求量很大。而且线材和螺纹钢在钢材大类中产量较高，具有可观的市场交易量，便于防范市场"逼仓"风险。二是线材和螺纹钢市场化程度高，也就是说生产比较分散，集中度较低，产品通过中间商进入流通比例非常高，价格完全由市场决定，不存在价格管制。三是线材和螺纹钢易于标准化，商品质量稳定、不易变质、易储存和运输，适于开展期货交易。四是线材和螺纹钢价格波动频繁，价格具有较强的代表性和一定的先导性，有利于期货市场发挥其功能。

表 5 — 6 上海期货交易所线材期货标准合约

交易品种	线材
交易单位	10 吨／手
报价单位	元（人民币）／吨
最小变动价位	1 元／吨
每日价格最大波动限制	不超过上一交易日结算价 ±5%
合约交割月份	1—12 月
最后交易日	合约交割月份的 15 日（遇法定假日顺延）
交割日期	最后交易日后连续五个工作日
交割品级	标准品：符合国标 GB1499.1—2008《钢筋混凝土用钢 第 1 部分：热轧光圆钢筋》HPB235 牌号的 φ8mm 线材。替代品：符合国标 GB1499.1—2008《钢筋混凝土用钢 第 1 部分：热轧光圆钢筋》HPB235 牌号的 φ6.5mm 线材。
交割地点	交易所指定交割仓库
最低交易保证金	合约价值的 7%
交易手续费	不高于成交金额的万分之二（含风险准备金）
最小交割单位	300 吨
交割方式	实物交割

资料来源： 上期交法律字［2009］66 号《关于印发上海期货交易所螺纹钢和线材期货标准合约及相关实施细则的通知》。

在目前上市的期货产品合约中，九大公司被选为螺纹钢和线材指定交割仓库，分别是：中储发展股份有限公

司、上海五钢物流有限责任公司、上海中农吴泾农资有限
公司、上海铁路闵行钢铁发展有限公司、镇江惠龙长江港
务有限公司、上海期晟储运管理有限公司、浙江康运仓储
有限公司、浙江物产物流投资有限公司、天津开发区泰达
公共保税仓有限公司。对于交割品牌，螺纹钢期货合约交
割品牌有："首钢"、"沙钢"、"马钢"、"新兴"、"双菱"、
"华岐"、"海鑫"、"博升"、"联峰"；线材期货合约交割品
牌有："首钢"、"沙钢"、"马钢"、"湘钢"、"华岐"、"海
鑫"、"国泰"、"博升"、"联峰"。此外，上期所还对螺纹
钢交割商品作出了补充规定。规定客户在进行某一螺纹钢
期货合约卖出交割时，交割商品公称直径分布应当符合下
列要求：（1）交割数量 ≤ 6000 吨，可以是同一公称直径；
（2）6000 吨 < 交割数量 ≤ 9000 吨，至少是两个公称直径，
并且每一公称直径交割数量不得高于其总交割数量的 60%；
（3）9000 吨 < 交割数量 ≤ 18000 吨，至少是三个公称直
径，并且每一公称直径交割数量不得高于其总交割数量的
40%；（4）交割数量 >18000 吨，至少是 4 个公称直径，并
且每一公称直径交割数量不得高于其总交割数量的 30%。

d. 燃油期货逐步扩大影响

上海燃料油期货从 2004 年 8 月 25 日成功上市以来，

表现良好，交易日趋活跃，市场运行平稳，风险有效控制，并与国际市场和国内现货价格形成联动，国际影响不断提升，经济功能逐渐发挥。

(a) 燃料油的中国定价地位初步显现

燃料油的中国定价地位初步显现，燃料油期货价格走势与国际油市总体趋势保持一致，但是燃料油期货更多反映了国内油市行情，在大部分时间里，上海燃料油期货价格能提前指示出黄埔现货价格的变化。目前，新加坡市场的影响力还是非常大的，但上期所燃料油期价的影响力也越来越大。

(b) 燃料油中国标准的作用初步显现

燃料油期货的中国标准应当日益符合市场需要，得到市场的普遍认可。在这两年的运行中，我们一直在对燃料油的交易标的和标准进行研究和讨论，比如质量指标、交割仓库的设置等，这是一个逐步完善的过程。我们也发现，在中国贸易企业谈判过程中，以中国燃料油期货的标准作为供货的品质标准和定价基差的呼声越来越高，这就是影响力，是我们能够在贸易谈判中提升地位的一个有利条件。

(c) 推动石油储运体系建设的作用初步显现

燃料油期货有利于中国商业石油储运体系的建设，有利于以交割油库为纽带打造现货市场的中国基准价格及库存信息平台。

（d）为推出其他石油衍生品种积累了经验

燃料油成功上市以后平稳运行，交割成功进行，表明了燃料油期货的整套交易、交割和结算规则以及技术支持系统、风险控制体系经受住了考验。客观上为我们推出其他石油品种积累了非常丰富的经验，为研究开发其他油品打下了非常好的基石。在促进现有品种不断完善和交易进一步活跃

图 5 - 2　石油价格影响因素示意图

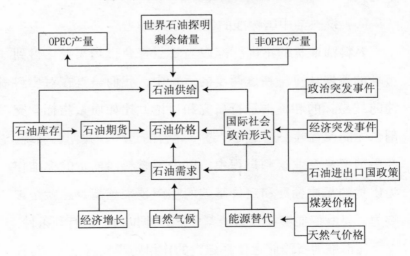

资料来源：中国石油期货网，http://www.oilprice.cn/news/default.aspx。

的同时，继续加大能源商品期货的开发力度，研究开发原油、汽油、柴油、液化气等期货品种，以期形成能源商品期货系列，争取为中国国民经济和社会的长期可持续发展作出更多的贡献。已经形成共识的是，随着原油价格的波动加剧，国内市场对原油、汽柴油期货推出的需求越来越迫切。作为国内石油期货品种中的"排头兵"，燃料油期货对其他品种的上市具有很好的借鉴意义（见图5—2）。

5.2.2　加快金融创新，进一步完善我国钢铁期货市场发展

5.2.2.1　国内钢材期货交易回顾与总结

a. 以往情况简介

上海期货交易所的前身曾在1994年初推出过直径6.5毫米线材期货合约，成交量总计达100多万吨。但由于当时国内法规制度建设滞后，交易量大、流通性强的期货大品种缺乏良好的运作环境，线材期货交易后期出现了过分投机的违规现象。1994年3月，国务院根据宏观调控的需要暂停了线材期货交易。

当时线材期货合约的上市背景及交易情况20世纪80年代后期建立的钢材现货批发市场，改变了生产计划由国

家规定、产品由国家分配的传统格局，在一定程度上提高了钢材生产企业面向市场、适应市场的能力，也为建立统一、高效、通畅的钢材流通体系打下了基础。但当时普遍出现的"三角债"以及由现货市场本身的缺陷如信息不畅、交易缺少公开性所带来的问题，困扰着钢材生产和经营企业，制约了钢材市场的进一步发展。因此，人们急需找到一条履约率高、质量有保障、能产生权威价格的有效途径，线材期货品种正是顺应市场经济发展的需要，在钢材流通体制改革的进程中应运而生的。

b. 价格走势回顾

1993 年至 1994 年，受线材价格变化因素的影响，线材期货合约价格波动频繁、波幅较大。线材期货价格走势大体可分为四个阶段：

第一阶段（1993 年 3 月至 6 月），由于国民经济的快速发展，国内钢材需求迅猛增长，线材现货价格由 1700元／吨一路攀升，至 1993 年上半年，市场价格突破了4000 元／吨。作为现货市场价格的预期，线材期货价在1993 年年初，高位运行于 4000 元／吨左右，与当时的现货价保持同步。

第二阶段（1993 年 7 月至 11 月），受国家紧缩政策的影响，钢材市场需求减少，而国内钢材产量和国外进口继续增加，线材现货价格迅猛下跌，由最高时的 4200 元 / 吨跌至 2620 元 / 吨，跌幅达 37.62%。线材期货价提前于现货价急速下跌，如三个月的期货价由最高 4270 元 / 吨跌至 2347 元 / 吨，跌幅达 45.04%。

第三阶段（1993 年 12 月至 1994 年 1 月），国民经济快速增长的过程中形成的泡沫，给市场带来通货膨胀的趋势，在这种趋势的拉动下，加之银根松动的配合，现货价格出现短期回升，而期货价格在交易者的推波助澜下，先于现货价迅速反弹，最高价位为 3840 元 / 吨，超过了当时的现货价。

第四阶段（1994 年 2 月后），国家采取了抑制通货膨胀的调控措施，社会需求不旺，加之钢材库存过大、进口过多，期货价格一路回落。

c. 钢材期货交易的总结

1993 年，中国的期货交易所在没有任何国际参照物的情况下，首创线材期货品种并成功上市，这在世界期货交易史上具有突破性的意义：

（a）线材期货交易中的价格发现功能

线材期货上市交易后，由于参与者众多、成交量大、流通性强，所以价格的预期性较为真实、可靠。

（b）线材期货交易为企业提供了回避风险的渠道

因为其成交活跃及期货价格走势相对合理，使得钢材市场的各类主体可以利用期货市场来回避现货价格风险。在线材期货交易中，曾涌现了一些成功的套期保值案例。如苏州商品交易所线材上市之初，只有苏州、南京两家地方钢铁企业参加，随着套保功能的发挥，一年后发展到华东地区生产线材的大中型钢厂相继入市，其他地区的主要钢厂也都以不同形式参与了线材的套期保值交易。在期货价格的两波大跌势中，一些钢厂在高价位时按生产计划在远期合约上抛售，既实现了销售，又确保了货款及时回笼，免受了"三角债"之苦，还避免了现货价大跌带来的重大损失。

（c）线材期货交易为钢材流通创造了规范的交易环境

线材期货交易以公开竞价、计算机撮合成交为手段，改革传统落后的交易方式，规范了交易行为，为钢材流通创造了一个公开、公平、公正的交易环境，保证了交易的透明度。

线材期货交易的教训在于：

（1）线材期货交易的价格发现功能有所体现，但套期保值功能尚不成熟。在线材期货交易中，首钢、鞍钢、唐钢、包钢等一些国有大中型钢厂曾以不同形式参与了套期保值交易。但是，由于当时的市场发育不成熟，对套期保值尚没有一套健全的管理办法，不少市场参与者对套期保值缺乏正确的认识和运用，在交易过程中，遇到行情波动，便一改初衷，参与投机，从而误失套保良机，造成损失。

（2）线材期货交易后期，风险管理存在问题，造成投机过度。线材期货上市交易期间，国内期货市场尚处于试点阶段，市场管理者、交易者尚未成熟。

5.2.1.2 国外钢材类期货市场情况

a. 印度的钢材期货

世界上第一份钢材期货合约产生地不是在资本市场高度发达的美英等发达国家，而是在印度，是由印度的多种商品交易所（Multi Commodity Exchange，MCX）在 2004 年 3 月推出的。印度的 MCX 市场上的钢材期货合约有钢平板和钢条两种，其中，钢平板主要用于制造汽车外壳、易拉罐等产品，钢条则主要用于机械工具等产品的制造。

印度年生产 3200 万—3300 万吨钢材，主要都是建设使用，刀片和汽车车身等专用钢材则全部来自进口。印度钢材生产的集中度非常高，三四家大型企业年产出 2400 万吨钢材，而其他小型的生产商只生产剩余的 800 万吨。印度独立后，产能迅速扩张，对于国内的需求完全可以自给自足。2003 年钢材的表观消费量 2890 万吨，在 1991 年 1484 万吨的基础上翻了一番；钢材产量 3285 万吨，较 2002 年增长了 7.2％。

印度推出钢材期货的原因在于：一是价格波动幅度大。二是无政府管制。印度国内钢材市场于 1990 年解除政府管制，政府对价格的干预机制也随之废除，此外政府还降低了消费者和生产者的相应税收。三是市场中存在着大量的中小型私营企业。印度 68％的粗钢和 56.5％的钢材是由非国有企业生产。随着政策的开放，越来越多的私有企业计划参与由需求引导价格的市场。四是与国际市场联系紧密。自 1980 年以来，南亚钢材市场产量以 4.7％的年复合增长率增长，截至 2010 年预计需求增长 43％。印度国内的需求和出口量也在过去的几年中一直呈上升趋势。由于印度国内以生产建设用钢材为主，对于特殊钢材还是以进口为主，所以与国际市场联系非常紧密。 五是质量标准化。钢平板和钢条的质量可以通过国际标准制定。但 MCX 的钢材期货交易量并不大，市场表现不太活跃，交易间隔较多，并且市场流动性较差，即较小交易量却引发较大的价格波动幅度。这是市场发育尚不成熟的表现，究其原因，可能是印度国内的钢材消费相对较少，因而企业参与钢材套期保值的积极性不高。

b. 日本废钢期货交易

2001 年以来，作为电炉主要原料的废钢已经成为日本市场上价格波动较大的产品。废钢市场需求每当波动振幅超过 5% 的时候，就会引发废钢价格的剧烈波动。每年日本出口的废钢约 500 万吨，价格的剧烈波动引发了"准期货交易"。日本关东废钢协会和关西废钢协会每月上旬到中旬都对 H2 废钢进行招标，由于中标到实际装船出口大约经过一个月的时间，因此各方将该价格视同为日本国内的期货价，出口价格指标就是两个协会的中标价。在目前实际交易中，对亚洲的废钢出口价已开始发挥期货交易所具有的作用。

在国际市场上，日本钢材生产名列第二，钢材出口名列第一，日本钢铁出口方主要是亚洲地区国家。世界废钢的价格波动十分剧烈，这不利于日本经济，加大了日本企业的风险，为了进一步稳定日本国内市场废钢价格，日本经产省采取的措施是，开展多品种废钢的期货交易，以减少出口价格波动风险。2005 年 10 月 11 日，废钢铁期货合

约正式在交易量日本第二大和世界第七大的日本中部商品
交易所（C-COM）上市交易，这是全球第一个废钢期货
合约。

c. 伦敦金属交易所（LME）钢坯期货

LME 选用钢坯作为首个钢铁期货标的物。钢坯是炼钢
炉炼成的钢水经过铸造后得到的半成品，是建筑用长材的
上游产品。LME 称，之所以首先推出钢坯期货是基于以下
几点考虑：首先与板材相比，钢坯的贸易更为自由，而且
同钢铁终端产品相比，钢坯的储存更为便捷和便宜。其次，
虽然钢坯跨国流通量较少，但其年均 3000 万吨的国际市场
流通规模足以与有色金属争高低。2000 年以来，全球钢坯
的产量增幅约为 40%，到 2010 年之前，全球钢坯产量还
将在目前 5.12 亿吨的基础上再增加 32%。再者，钢坯价格
与螺纹钢等钢铁品种有着良好的相关性，钢坯期货可用于
整个钢铁产业进行价格风险管理。

伦敦金属交易所的钢坯期货的另一个特点是合约设置
"分地区"。以往惯例是一种金属只有单一的期货合约，而
此次在 LME 上市的钢坯期货却分设了两个地区性的合约，
分别是远东合约和地中海合约。其中在远东合约中的交割
地确定为马来西亚和韩国；地中海地区的交割地分别在土

耳其和迪拜。LME 解释称，之所以选择这些交割地，是考虑到钢坯主要进出口地区的分布和航运费用，此外两个合约也将反映上述市场不同的基本面和定价机制。目前全球主要的钢坯出口国包括乌克兰、俄罗斯、中国、巴西和法国等，而主要的进口国是意大利、越南、土耳其和韩国等。鉴于多数的钢坯贸易在国内和地区范围内进行，LME 指出，推出钢坯期货针对的就是地区性贸易的需要。在 LME 确定的 11 个可供交割的钢坯品牌中还没有中国产品的身影。11个钢坯品牌出自 10 家钢铁厂家，这些厂家分属国家是希腊、白俄罗斯、马来西亚、俄罗斯、土耳其和乌克兰六个国家。

5.2.2.3 我国重开钢材期货市场的意义

2009 年 4 月，经中国证监会批准，上海期货交易所（以下简称上期所）上市线材和螺纹钢期货合约。从已上市期货品种功能发挥的情况看，此次钢材期货的上市在完善现货价格形成机制、促进现货市场发展、优化国家宏观调控、完善企业经营手段、提高行业竞争力等方面都发挥了积极作用，钢材期货的上市和功能的逐步发挥将对钢铁产业产生深远的影响。具体表现在：

首先是有助于形成钢材现货与期货有机结合、相互促进、共同发展的市场体系，规范和完善钢材流通市场。期货市场衍生自现货市场，是现货市场发展到一定阶段的必然产物，离不开现货市场的健全和发展；同时，期货市场将反作用于现货市场，可以促进现货市场不断完善。目前，我国缺乏统一的全国性钢材市场，流通环节复杂，定价机制缺乏公正、合理的参考依据，市场秩序存在诸多不规范之处，在钢材市场引入期货交易机制，将使钢材市场体系更加健全，透明度不断提高，市场运行进一步规范。

其次是逐步优化钢材价格形成机制，指导钢铁上下游企业合理安排生产和经营，帮助政府部门及时、准确地把握市场变化趋势，及早采取调控措施，保障资源的合理配置和市场的供求平衡。市场经济的核心在于价格，价格形成机制的完善程度在很大程度上决定了市场运行的质量。在只有现货市场、没有期货市场的情况下，企业只能根据现货市场即期价格安排生产和经营，容易陷入"供不应求—价格上涨—产量扩大—供过于求—价格下跌—生产萎缩"的循环，导致价格大幅度波动，投资出现失衡，甚至影响国民经济运行。在成熟的期货市场上，期货价格是市场参与者对于未来价格的一致预期，能够比较真实、准确地反映买卖双方的需求和对市场的判断，可以比较有效地引导企业合理安排生产、调整购售计划、调节库存，保障生产经营的稳定运行，进而促进产业的均衡发展。从我国已经运行近20年的铜、铝等有色金属期货品种的情况看，期货市场价格已经成为现货市场定价的基准，长期合同价格一般都通过期货价格加升贴水的方式来确定，对于稳定和促进有色金属行业的发展发挥了积极作用。我们相信，钢材期货上市后，只要参与各方规范交易、诚信守法，期货交易所严控风险、监管到位，经过一段时间的培育，钢材期货市场也会如有色金属期货市场一样发挥其定价功能。

再次是为钢铁生产、贸易和消费企业提供低成本、高效率的风险控制手段，提高企业管理水平，增强市场竞争力，推动钢铁行业的稳步发展。在推出钢材期货后，企业通过在期货市场建立数量相同、方向相反的头寸，可以锁定生产成本或者销售收入，达到规避价格波动风险的目的。目前，与期货市场上市品种密切相关的国内外大型现货企业普遍都参与期货交易，对现货头寸进行套期保值。在本次国际金融危机过程中，商品期货价格出现剧烈波动，相关现货企业积极利用期货市场及时应对并妥善化解了市场风险，保障了生产和经营的平稳运行，期货市场的功能得到了充分体现。由于尚未推出钢材期货，相关现货企业面对本轮钢材价格的大幅波动，无法利用低成本、高效率的期货交易来主动规避风险，只能采取控制产能、压缩库存、降低经营规模等方式被动应对，给钢铁行业以致国民经济带来不必要的损失，钢材期货可以为缓解这种状况提供一种套期保值的工具。

　　总之，期货市场集中了大量的生产商和需求方，期货市场具有价格发现功能，能够提供即时的需求和供给变化。如果引进钢材期货，那么宏观调控将显著减少，政府需要提供的将只是指导，而不是行政命令。我们要对市场进行引导、调节，最重要的是通过具有独立所有权的微观主体，在价格的引导下寻找最大获利机会，钢材期货的推出将有利于提高市场效率和促进价格的形成机制。当期货市场的投机交易的风险分担和传递额外信息功能所带来的正面效应能够完全抵消其"噪声"信息所导致的负面效应时，钢材期货市场的引入有利于稳定现货市场价格并提升消费者的福利。

图5-3 矿产品市场价格的蛛网模型

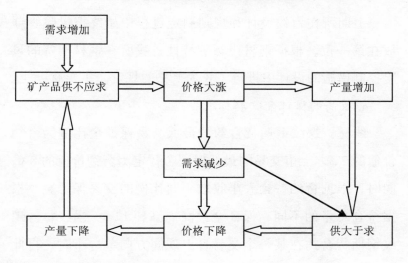

资料来源：根据矿产品供求关系整理。

钢材期货市场相对于现货市场和电子交易市场包含了更多的有效信息，钢材期货市场的引入将提高现货市场的信息效率，广大生产者能够更加科学地安排生产。同时，钢材期货市场的引入有助于缓和铁矿石供求关系的波动，如图5-3所示，一般情况下，价格最终是要由供求关系来决定的，期货市场的引入能够间接地使得矿产品现货市场价格更加稳定。

5.2.2.4   国内新开钢材期货着重加强风险控制

上期所在合约设计和规则制定过程中始终把风险管理放在第一位。根据钢材市场的特性，我所在钢材期货的风险控制措施的设计中进行了较为严格的规定。主要有：

a. 较高的保证金收取标准

线材、螺纹钢期货合约的最低交易保证金比例为合约价值的 7%，上市交易的最低保证金暂定为合约价值的 8%。同时，根据合约持仓大小收取不同比例的交易保证金。根据持仓总量的不同，保证金最高提高到 12%。当线材、螺纹钢期货合约在某一个交易日出现同方向单边市时，自此交易日起连续三个交易日的保证金比例分别调整为 10%、12% 和 20%。在临近交割月梯度提高保证金方面，线材、螺纹钢期货合约的保证金梯度定为六档，即从交割月前第二月的第十个交易日到最后交易日前二个交易日起，保证金最高将提高到 30%。

b. 较严格的限仓比例和持仓限额规定

从合约挂牌起至交割月前第二月的最后一个交易日止，对线材和螺纹钢期货合约实行比例限仓。在此期间，当某一线材期货合约持仓量 ≥ 45 万手，某一螺纹钢期货合约持仓量 ≥ 75 万手时，期货公司会员、非期货公司会员、客户限仓比例分别为 15%、10%、5%。进入交割月前第一月开始，对线材和螺纹钢期货合约实行绝对值限仓，即期货公司会员、非期货公司会员、客户某一线材期货合约限仓额分别为 18000、6000、1800 手，某一螺纹钢期货合约限仓额为 30000、9000、3000 手。进入交割月份后，对线材和螺纹钢期货合约也实行绝对值限仓，即期货公司会员、非期货公司会员、客户某一线材期货合约限仓额分别为 3600、1200、360 手，对某一螺纹钢期货合约限仓额为 6000、1800、600 手。

5.2.3　矿产企业参与金融资产投资的综合风险测算

5.2.3.1　市场风险的损失准备金、风险资本测算

矿产企业可以在金融市场上进行股票、债券、外汇、金融衍生品等多项投资，从而形成不同形式的风险资产，这些风险资产具有收益性也同样具有风险性，随着市场走势的变化，也可能会发生损失。这样，就需要按不同资产类别进行风险资本的估计和损失准备金的计提。同时，还要考虑的是矿产企业用于投资金融市场的资金是有着机会成本的，这也体现为矿产企业在投资资本市场进行风险资

产配置的融资是有成本的，或者可以说矿产企业对投资于金融资产具有一定的预期收益率要求。

　　设定矿产企业市场风险资产价值为W_0，针对该市场风险资产资金的融资成本（或预期收益率）为RC，u为实际收益率，则这笔市场风险资产应该计提的损失准备金为：

$$损失准备金 = W_0（RC-u） \tag{5.1}$$

$$市场风险资产的损失准备金 = W_0(RC - \frac{\sum_{i=1}^{n} RM_i}{n}) \tag{5.2}$$

矿产企业为该笔市场风险资产准备的风险资本为：

$$风险资本 = VaR - W_0(RC-u) = W_0 Z(a) - W_0 \times RC \tag{5.3}$$

市场风险资产的风险资本等于

$$W_0 Z(a)\sqrt{\frac{\sum_{i=1}^{n}(RM_i - u)^2}{n}} - W_0 \times RC \tag{5.4}$$

5.2.3.2 操作风险的损失准备金、风险资本测算

　　目前，在不少金融交易行为中，操作风险导致的损失已经明显大于市场风险。过去一二十年里，这方面已经有

许多教训令人痛心惋惜，如中航信事件、中信富泰事件等造成的损失与不良影响触目惊心。而当矿产企业内部控制机制因不完善而失效时，交易员等工作人员可能会利用监管上的漏洞越权违规操作，进而产生高风险。

操作风险中的风险因素很大比例来源于矿业企业的业务操作，在一定程度上属于可控范围内的内生风险。由于其自身的特点，单个操作风险因素与操作损失之间不存在明确的对应关系，因此就不能像市场风险那样单笔估计，将整个企业的操作风险统一进行测算。

为了测算操作风险损失准备金和风险资本，需要一个较长时期跟踪统计以建立对应的历史数据库。这里设定，一定时间间隔（如三个月或六个月）的操作风险损失分别为 $L_1 \leq 0, L_2 \leq 0, \cdots, L_n \leq 0$，又设定，在置信水平为 a 时，操作风险最大损失表示为 $VaR = ML$，则有：

$$(L < LM) = 1 - a \tag{5.5}$$

这里，设定操作风险损失 L 属于 $N(u, \sigma^2)$ 分布，还设定操作风险损失分布的概率密度函数为 $f(1)$，则在置信水平 a 下的最大操作风险损失 LM 可以表示如下关系式：

$$a = \int_{I=LM}^{0} f(1)dI \tag{5.6}$$

由于历史数据库中操作风险损失为 L_1，L_2，$\cdots$，L_n，则操作风险损失的均值为：

$$u = \frac{\sum_{i=1}^{n} L_i}{n} \tag{5.7}$$

操作风险损失的标准差为：

$$\sigma = \sqrt{\frac{\sum_{i=1}^{n} (L_i - u)^2}{n}} \tag{5.8}$$

则

$$1-a = P\ (L-LM)\ = P\ (\frac{L-u}{\sigma} \leqslant \frac{LM-u}{\sigma}) \tag{5.9}$$

将上式转化为标准正态分布累积函数有：

$$1-a = \phi(\frac{LM-u}{\sigma}) \tag{5.10}$$

矿产企业为操作风险应提的损失准备金为：

$$\text{损失准备金} = |u| = \left| \frac{\sum_{i=1}^{n} L_i}{n} \right| \tag{5.11}$$

5.3 完善矿产储备基金运作机制

5.3.1 矿产资源储备与国家资源安全的关联性

当前，在我国经济社会发展过程中，资源安全，特别是以能源、主要金属为重点的矿产资源安全问题，成了国家经济安全的决定性因素之一。国家"十一五"规划则明确提出了要建立重要矿产资源的战略储备。矿产资源是国家经济社会发展的物质保证，影响着国民经济和社会的发展。矿产资源储备与国家资源安全具有直接关联性，具体体现在：

一定的矿产资源储备是维系国家资源供给安全的需要。任何一个国家的资源供给源一般都包括国际市场和国内市场两个途径，但是国际市场的资源供给易于波动，容易受战争、外交以及其他政治因素及经济因素的干扰，因此，一个国家若要把国家资源安全完全建立在国际市场上，其自身的抗风险能力必然相当薄弱，是不现实的，其成本也是相当高昂的。可见，仅仅依赖国际市场是不能充分确保国家资源安全的。国家资源安全的实现不能仅仅依靠外部因素，而应当充分调动一切有利的内部条件，其中矿产资源储备就是一个重要的内部因素，只有建立和完善本国的矿产资源储备制度，才能在风云变幻的国际竞争中处于有利地位，才能削弱和消除国际资源市场动荡的不利影响。

当今世界是开放的，任何国家不可能封闭地发展，因此，资源国际贸易和资源国际合作开发也是十分普遍的现象，"两种资源、两个市场"是相融相通、互为补充的。全球化的资源及资源型产品的国际市场正在逐步形成，各国、各地区通过在世界资源市场上进行公平交易获得资源开发权，买卖资源型产品，最终通过资源市场调剂余缺、互通有无，利用国际资源流动弥补自身资源缺陷，在更大范围内实现资源合理配置，保障国内及全球资源安全，这是全球资源安全国际合作的目标。作为一个资源相对紧缺的发展中国家，我国也在积极参与资源安全国际合作以及充分利用国际资源供给。但是，利用国外矿产资源的弊端和困难也是十分突出的，国际资源贸易市场不稳定的因素很多，有些发达国家害怕中国强大起来，必将以各种方式阻止中国矿产资源的进出口，实行贸易封锁，哄抬矿产品价格等，这些因素潜在地对我国资源安全构成巨大的威胁。由此可见，单一发展国际资源贸易是有局限的，这并不能充分保障国家资源安全。在利用国际市场供给的矿产资源的同时，不能忽视矿产资源储备，只有建立强大的矿产资源储备体系，我国的社会主义建设才有充分的物质保障，综合国力才能进一步提升，才能在世界资源贸易中处于有利地位，进而掌握主动权，这样不但能充分发挥我国矿产资源的某些优势，而且更能充分利用国内外两种资源，扬长避短，从而最终保障国家资源安全的实现。

5.3.2　国外矿产资源储备借鉴

将目前国际上的矿产品储备中值得借鉴学习的经验归结为以下几条：

一是经济发达国家大多建立了矿产品储备制度。目前大约有 10 个国家根据自身条件与特点实施了有针对性的矿产品储备制度，这些国家包括美国、英国、法国、德国、瑞典、瑞士、挪威、芬兰、日本和韩国。

二是矿产品储备种类不尽相同，且不断有所调整。一般而言，列入储备名单矿产品有的属于"战略矿产"，为长远期作准备，而有的储备属于"急缺矿产"，主要是满足和保证一定程度的近期需求的稳定性。这些国家储备的矿产品种类不尽相同，但大体上也具有一定程度的类似性（见表5－7）。而且，这些储备的种类及数量也不是一成不变的，它们也要随着国际政治关系、经济形势、市场价格、技术发展的变化等而做出必要的调整。以美国为例，以前美国一直将银列入战略矿产储备品种之一，后来美国政府发现，随着技术发展和新型材料的发明发现，在银的许多使用终端完全可以被替代的。另一方面即便从国外市场进口，其主要进口国有加拿大、墨西哥和秘鲁，且这几个国家中的任何一个国家的银出口供应都可以基本满足美国进口需要。从地缘政治和市场层面上分析，不太可能出现这三个国家同时中断向美国出口的情况。基于这样的分析判断，自1976年起银从美国矿产品储备名单上被剔除。所以说，各个国家的矿产品储备种类与数量是动态的，不断有所调整。

表 5—7 主要国家战备矿产储备种类

国家	战略矿产储备种类
美国	63 类 93 种，其中稀有金属 24 类 48 种
日本	包括有色金属（铜、铅、锌、铝）、稀有金属（镍、铬、钨、钼、锰、钒）及石油等
英国	锰、铬、钴、钒等
法国	铜、铅、锌、镍、铬、钨、钼、锆、汞等
德国	铬、锰、钒、钴、蓝石棉等
瑞典	铬、钴、锰、钨、钼、钒、钛、铝、锡、锌、铅、镁、镍、原油等

资料来源：马超群、邵燕敏、杨娴、刘岚、汪寿阳：《国外矿产资源战略储备及对我国有色金属战略储备建设的启示》，《科学时报》2008 年 4 月 30 日。

三是矿产品储备有法可依。还以美国为例，在矿产品储备方面前后出台两个主要法律条例，对美国矿产品储备制度完善和规范具有积极的推动作用。在 1946 年，也就是二战刚一结束，美国政府颁布了《战略物资储备法》，其主要是从二战经验出发，美国政府充分认识到紧急时期重要战略物资供应的重要性。接着在 1950 年又颁布了《国防生产法》，在该法案中提出，一旦发生战争，政府有权将一些民用战略物资转为军用；同时，该法案出于未雨绸缪的目的进一步提出加大针对重要资源的勘察开发工作，提高国内矿业产能，多作储备的建议。在矿产品储备立法方面，其他国家也有所进展和体现。

四是矿产品储备目标与规模。在各国储备制度中所制定的储备目标有所不同：美国的储备目标是战略储备，供国家非常时期使用，储备规模是国家紧急时期可供三个月国内需要的量。法国矿产品储备目标是为了防备特定地区供应中断，保障经济安全；储备规模是按本国平均消费量计，可供使用两个月的量。德国的矿产品储备目标是经济安全保障储备，储备规模是供应本国消费一年（其中国家供八个月，民间流动库存供四个月）。瑞士的矿产品储备目标是国家安全保障储备，供国家非常时期使用；储备规模是按本国平均消费计量可供使用六个月的量。具体情况见表5—8。

五是储备经费来源的解决。建立矿产品储备需要大量的经费，而这部分经费来源在各国是如何产生的呢？经分析，可以分两种情况：一种是由政府全资承担的方式，这种方式以美国为代表；另一种是官民合作的方式，这种方式以日本为代表。除美国外，多数国家采用的是后者，即官民合作的方式。以日本为例对这种方式予以说明：对于稀有金属的储备，在日本分为国家储备和民间储备，其总

表 5—8 世界上主要资源储备国家储备目标情况

国家	储备目的	储备品种	储备规模目标
美国	战略储备，供国家非常时期使用	25 类 80 种（仅指战略物资储备，不包括石油储备）	国家紧急时期可供三个月国内需要的量
法国	经济安全保障储备，防备特定地区供应中断	铜、铅、锌、镍、钴、铬、钨、钼、锆、汞、等（但未公布）	按本国平均消费量计，可供使用两个月的量
德国	经济安全保障储备	铬、锰、钒、钴、蓝石棉	供应本国消费一年(其中国家供八个月，民间流动库存供四个月)
芬兰	保障国家安全的储备，防备国家的非常情况	有色金属（铅、锰、锡、钨）、铁合金、扎制金属产品、液态燃料等 36 种	国内消费 1—2 个月的量
	保障经济安全的储备量	矿产原料	未设定
日本	保障经济安全储备，防备供给出现障碍	镍、铬、钨、钼、锰、钒、钴（不包括石油储备）	国内消费 60 天的量
	国家安全保障储备，防备战争时期供应中断	镍、铬、钨、钼、锰、钒、钛等金属	可供本国使用一年的量
	经济安全保障储备，防备和平时期出现供应中断	铬、钒、锰、钴、钼、镍、钛、钨、原油、石油产品、石油化工品	可供本国使用两三个月的量
瑞士	国家安全保障储备，供国家非常时期使用	燃料、化学品等（包括铁、钢铁、有色金属等），有色金属有铝、铜、铅、锌、镍、钼、钒等	按本国平均消费计量，可供使用六个月的量
韩国	稳定供求和价格	有色金属、铁合金	未设定

资料来源：张新安：《国外矿产资源储备历史及现状》，《国土资源情报》2002 年 1 月。

储备规模目标为 60 天的消费量，其中要求国家储备需达到 42 天，民间储备需达到 18 天；国家储备部分由国家直接出资，民间储备部分由政府担保的银行贷款解决。日本的石油储备也是这样分为国家储备和民间储备，总目标规模为储备两个月的消费量，国家与民间储备的比例仍是 7∶3。在法国，矿产品储备的经费也是来自两部分：一部分由政府财政进行拨款；另一部分通过发行公用事业债券的方式筹资，债券到期再滚动发债以新还旧，而国家出面对这些债券做信用担保。

5.3.3 我国矿产资源储备资金的筹措与运作

5.3.3.1 储备资金的筹措

建立战略性矿产资源储备体系需要大量的资金，如何筹集足够的资金就成为关键。储备资金的筹措按储备主体可分为两种：一种是以国家为主体，另一种是以企业为主体。

国家物资储备局是以国家为主体管理和负责国家储备物资的机构。其储备资金的来源主要是中央财政拨款。根据《国家物资储备资金管理制度》规定："国家储备资金是专项用于国家物资储备、以实物形态和货币形态表现的中央财政资金，委托国家物资储备局代为管理。"国家储备资金管理的原则是：（1）集中控制、分级管理和核算的原则。国家物资储备局负责储备资金的集中控制与整体管理和核算，下达储备资金运用计划。（2）专款专用的原则。未经财政部批准，储备资金不准挪作他用。（3）收支统一核算的原则。储备资金的收支统一以储备基金的变动进行反映和核算。储备基金是指资产减负债后的净资产。（4）收付实现制的原则。储备资金在运动过程中，其账务处理以资金的实际收、付来确定本期的收益和费用。储备资金管理的主要任务是：全面执行上级下达的物资购销计划，合理安排资金，认真执行购销结算制度，确保储备资金安全，真实核算和反映资金状况，提高使用效益，努力实现保值增值。

另一方面，企业也是战略性矿产资源储备的重要参与者。国内的大型矿业开发及矿业加工企业，可以从自身生产经营角度出发，建设一些矿产资源储运设施与基地。这部分资金的来源，可以运用矿产实物抵押的方式向银行申请信贷，也可以依据生产销售合同进行票据贴现融资，尤其是在江浙一带民间资本较为充沛的地区，吸引私募基金投入这块实物性资产以期获得较为稳定的长期收益也是可行的。

5.3.3.2 我国优势矿种储备的选择

这里为了分析衡量我国优势矿产资源储备的条件及必要性，引进矿产的开采强度这一指标，即：某种资源的国内外产量比例与国内外储量比例的比值。用公式表达如下：

开采强度＝（该种资源国内总产量／该种资源的世界总产量）／（该种资源国内储量／该种资源的世界总储量）

经计算，我国目前10种优势矿产资源开采强度如下表：

表5－9　我国优势矿产资源开采强度统计

品种	单位	国内储量	世界储量	国内储量／世界储量	国内产量	世界产量	国内产量／世界产量	开采强度
铋	万吨	24	33	0.7273	0.105	0.38	0.2763	0.3799
钨	万吨	180	290	0.6207	5.2	6.21	0.8374	1.3491
锑	万吨	79	180	0.4389	10	11.2	0.8929	2.0344
钒	万吨	500	1300	0.3846	1.32	4.365	0.3024	0.7863
钼	万吨	330	860	0.3837	3.1	13.9	0.2230	0.5812
磷酸盐	亿吨	66	180	0.3667	0.0735	0.434	0.1694	0.4619
稀土	万吨（REO）	2700	8800	0.3068	9.5	10.2	0.9314	3.0356
锡	万吨	170	610	0.2787	10.18	25.62	0.3973	1.4258
菱镁矿	亿吨（Mg）	3.8	22	0.1727	0.1	0.2	0.5000	2.8947
铅	万吨	1100	6700	0.1642	95.46	315	0.3030	1.8458

资料来源：根据国家物资储备局网站数据整理。

由表 5—9 可知，开采强度大于 1 的优势矿产资源主要有：稀土（3.0356）、菱镁矿（2.8947）、锑（2.0344）、铅（1.8458）、锡（1.4258）、钨（1.3491）六种，这六种矿产资源即是当前我国应重点实施资源储备的优势矿产品种。

5.3.3.3 储备平准基金对矿产品价格的影响

近期有消息表明中国将推出石油稳定基金，以此降低油价波动带来的损失和对实体经济的影响；同时，对于我国一些优势矿产品如稀土等，由于缺乏必要的宏观规划与统筹管理，在国际市场上"优而不强"，价格受到打压。这些现象已经引发有关部门和企业的重视，2009 年 4 月 "包钢稀土" 上市公司计划投资建设我国稀土储备基地并向中国进出口银行提出人民币 23 亿元贷款申请。其实，这类基金应是矿产品储备平准基金中的一种，其运作原理是相同的，这里加以实证分析。

以二项式评价模型来定义标的资产（即矿产品价格指数）的走势，假设每一期矿产品价格指数的走势有两种可能，其中一种是上涨至前一期的 u 倍，另一种则是下跌至前一期的 d 倍，至于无风险的期间毛利率则设定为 r；另外设定 $d=1/u$ 符合二项式评价模型与 Black-Scholes 评价模型之间的对应关系。除此之外，也假设矿产品价格指数每一期上涨的概率为 π，下跌的概率为 $1-\pi$，而此时对于风险中立的投资人来说，由于他们只由期望值来判断资产价值，在无风险套利机会不存在的前提下，矿产品价格指数的报酬率与无风险的报酬率必须相等，因此无风险的期间毛利率 r、上涨后的比例 u、下跌后的比例 d 以及每一期上涨的概率 π 必须符合 $r=\pi u+(1-\pi)d$，或表示为 $\pi=(r-d)/(u-d)$，值得注意的是，此一概率与二项式评价模型中的风险中立概率相同。

当观察期内矿产品价格指数出现大幅度下跌的情况时，基金管理委员会才会授权基金执行小组进场护盘，若资产价格指数于观察期内下跌幅度在一定范围内，则基金管理委员会将不会授权基金进场护盘。若以模型表示，将不利事件发生的时点设定为 0，此时的矿产品价格指数以 S_0 表示；观察期间设定为 n 期，当观察期间内矿产品价格指数出现大幅度下跌的情况，导致资产价格指数低于某一定的水平 E_1 时，基金管理委员会才会授权基金执行小组进场护盘。

另外当基金管理委员会授权进场护盘时，这一授权有时效性，也就是说基金只能于授权期间内进场护盘（若授权期间未能达成预期目标，则基金管理委员会决议是否延长授权期限），我们假设授权期间共有 m 期，而授权期间起始点的矿产品价格指数为 S_n，结束时间点的资产价格指数以 S_{n+m} 表示。然而在基金管理委员会授权执行小组进场护盘的情况下，基金也未必会进场护盘，基金在矿产品价格指数于授权期间仍然持续下跌的情况下，才会进场护盘。因此我们假设基金必须在授权期间内，矿产品价格指数下跌至 E_2 的水平，才会进场护盘；即存在一个界于 1 和 m 之间的最小整数 j，使得第 $n + j$ 期的矿产品价格指数 $S_{n+j} = E_2$，且 $E_2 < E_1$ 表示矿产品价格指数于授权期间内仍然持续下跌。

因此 E_1 可以视为授权的阀值，而在基金管理委员会授权的情况下，执行一个设定小组另外设定一个下界 E_2，当授权期间内矿产品价格指数持续下跌时，一旦跌破 E_2 的价位，执行小组才有可能在剩余的授权期间中持续进场护盘，因此 E_2 可视为护盘阀值。

除了下界之外，执行小组还会设定一个合理的价位 E_3，作为进场护盘的价位；护盘价位 E_3 是基金委员会与执行小组对未来矿产品价格指数的预期，由于基金委员会对于未来矿产品市场的表现有比较准确的预期，因此他们所设定

护盘价位 E_3 除了必须成功拉抬矿产品价格指数，还必须降低基金的成本。

综合以上的设定，我们发现基金实际进场护盘必须符合两个条件，分别为：

条件 1：基金管理委员会授权执行小组进场护盘，即观察期内资产价格指数曾经低于授权阀值 E_1。

条件 2：资产价格指数于授权期间内仍然持续下跌，即授权期间内资产价格指数曾经低于护盘阀值 E_2。

在上述模型的假定下，若不考虑基金的影响，我们可以直接计算管委会授权的情况下，资产价格指数的期望值为：

$$E[\frac{S_{n+m}}{S_n} S_n] = \sum_{i=0}^{m} \binom{m}{i} \pi^i (1-\pi) u^i d^{m-i} = r^m \sum_{i=0}^{m} \binom{m}{i} p^i (1-p)^{m-i} = r^m$$

其中，$p = \dfrac{u\pi}{r}$。而资产价格指数的标准方差为：

$$Var[\frac{S_{n+m}}{S_n} S_n] = E[(\frac{S_{n+m}}{S_n})^2 S_n] - (E[\frac{S_{n+m}}{S_n} S_n])^2$$

$$= \sum_{i=0}^{m} \binom{m}{i} \pi^i (1-\pi)^{m-i} u^{2i} d^{2m-2i} - r^{2m}$$

$$= R^{2m} \sum_{i=0}^{m} \binom{m}{i} \left(\frac{\pi u^2}{R^2}\right) \left[\frac{(1-\pi)d^2}{R^2}\right] - r^{2m}$$

（其中，$R^2 = \pi u^2 + (1-\pi)d^2$ ）

$$= R^{2m} - r^{2m} \qquad\qquad [\because \frac{\pi u^2}{R^2} + \frac{(1-\pi)d^2}{R^2} = 1\,]$$

接下来讨论在基金的影响下，矿产品价格指数的期望值与标准方差。就期望值的部分，可以利用以上推导结果直接计算如下：

$$E[\frac{S_{n+m}+P_{n+m}}{S_n} S_n] = E[\frac{S_{n+m}}{S_n} S_n] + E[\frac{P_{n+m}}{S_n} S_n] = r^m + \frac{r^m}{S_n} E[P_n\, S_n]$$

由于 $\frac{r^m}{S_n} E[P_n\, S_n] > 0$，因此考虑基金的影响后，矿产品价格指数的期望值将因而提高，表示基金具有拉抬矿产品价格指数的效果。至于考虑基金的影响后，矿产品价格指数标准方差的计算过程，我们先将未来的状况分为两种：第一种状况是在授权期间内，矿产品价格指数未曾碰触到护盘阀值 E_2，以数学符号表示为 $\{j>m\}$，其中 $j \equiv \min\{i\ S_{n+i} = E_2\}$，表示资产价格指数将在第 $n + j$ 期首次碰触到 E_2；此时基金并不会进场护盘，

因此矿产品价格指数的方差不会受到基金的影响，所以

$$Var[\frac{S_{n+m} + P_{n+m}}{S_n} S_n, j > m] = Var[\frac{S_{n+m}}{S_n} S_n, j > m]$$。另外一种状

况是矿产品价格指数在授权期间内碰触到护盘阀值 E_2，

而矿产品价格指数碰触到护盘阀值 E_2 的期数可以表示为

$n+x+2k$，$k=0$，1，$\cdots$，$[\frac{m-x}{2}]$，我们同样定义 G_{x+2k} 为矿产

品价格指数在第 $n+x+2k$ 期首次碰触到护盘阀值 E_2 的事件。

而当矿产品价格指数在第 $n+x+2k$ 期首次碰触

到护盘阀值 E_2 时，基金将使得指数由 S_{n+m} 调整至

$(1 - \omega_{x+2k}^{m-x-2k})E_3 + \omega_{x+2k}^{m-x-2k} S_{n+m}$，所以考虑基金影响后的矿产品

价格指数的标准方差为：

$$Var[\frac{S_{n+m} + P_{n+m}}{S_n} S_n, G_{x+2k}] = Var[(1 - \omega_{x+2k}^{m-x-2k})\frac{E_3}{S_n} + \omega_{x+2k}^{m-x-2k}\frac{S_{n+m}}{S_n} S_n, G_{x+2k}]$$

$$= (\omega_{x+2k}^{m-x-2k})^2 Var[\frac{S_{n+m}}{S_n} S_n, G_{x+2k}]$$

因此，考虑基金影响后的资产价格指数的方差为：

$$Var[\frac{S_{n+m} + P_{n+m}}{S_n} S_n]$$

$$= P(j > m)Var[\frac{S_{n+m} + P_{n+m}}{S_n} S_n, j > m] + \sum_{k=0}^{L} P(G_{x+2k})Var[\frac{S_{n+m} + P_{n+m}}{S_n}\Big|S_n, G_{x+2k}]$$

$$= Var[\frac{S_{n+m}}{S_n} S_n] - \sum_{k=0}^{L} P(G_{x+2k})[1 - (\omega_{x+2k}^{m-x-2k})^2]Var[\frac{S_{n+m}}{S_n} S_n, G_{x+2k}]$$

由此发现考虑基金的影响后，矿产品价格指数的期望值因为基金的存在而提高；另一方面，矿产品价格指数的方差因平准基金的存在而降低，所以基金除了可以拉抬矿产品价格指数外，还具有稳定矿产品市场的效果。

5.4 促进矿产资源综合利用的金融支持

5.4.1 我国矿产资源综合利用现状

从整体上看，我国陆地地壳活动强烈，地层发育齐全，沉积类型多样，构造复杂，地质环境、成矿种类和矿化力度自成体系，由此决定了我国矿产资源的基本特点如下：矿产资源总量丰富，但人均拥有量较少，持续发展存在瓶颈；矿产资源品种齐全，但某些重要矿产特别是大宗矿产相对不足或短缺；矿床数量多，但大型、特大型矿床较少，不利于规模开发和规模经济的形成，成本容易失控；矿产地分布广泛，但不均衡；贫矿多富矿少，"三难"矿多，"三易"矿少，且矿产的开发利用效率低；共生矿床、伴生矿床多，单一矿床较少，采矿和选矿难度较大；因此，我国应根据不同的分布特点，建立不同的资源配置类型和各具特色的经济区。自 20 世纪 80 年代初以来，我国矿产资源综合利用取得了长足进步，但矿产资源综合利用率仍然偏低，有色金属为 35% 左右，黑色金属为 30%—40%。

5.4.1.1 共伴生矿产资源的综合利用成果显著，但仍有很大潜力

　　近 20 年来，我国开矿采矿的理念随着矿产综合利用技术的提高和矿产品价格高涨而发生了根本性的转变，即基本实现了由"单一矿产资源开采"向"共伴生矿产资源系统综合开发利用"的转变。如在我国的白云鄂博、攀枝花、金川三大共生矿床的开发上，其综合利用示范作用十分明显，取得了较好的经济效益和社会效益。然而，这仅仅是刚起步，我国矿产资源综合利用与发达国家相比差距比较大，全国对共伴生矿产资源的综合利用率只有 20%，可提升空间巨大，潜力巨大。

5.4.1.2 单位能耗削减取得长足进步，但与世界发达国家差距仍然较大

据统计在 1990—2004 年，中国单位 GDP 能耗下降了 43%（以创造 2000 美元 GDP 所消耗的能源计算），与其他新兴国家相比较进展特别明显。与同时期的"金砖四国"中的其他三国相比较，印度的单位能耗增加了 12%，俄罗斯的单位能耗下降了 9%，巴西增加了 11%。我国现阶段进步虽然较大，但与美国、日本等发达国家能耗下降差距仍然较大，仍需不断努力。

表 5—10 部分国家人均能源消费及单位 GDP 能耗

国家	人均能源消费（吨标准煤/人）			单位 GDP 能耗（吨标准煤/万美元 GDP）		
	1990	2000	2005	1990	2000	2005
中国	1.1	1.3	1.9	27.7	13.1	13.0
日本	5.1	5.9	6.0	1.6	1.6	1.6
印度	0.6	0.6	0.7	17.0	14.3	11.9
美国	11.0	11.7	11.3	3.9	3.4	3.0
巴西	1.3	1.6	1.6	4.0	4.1	4.1
英国	5.3	5.7	5.6	2.7	2.3	2.0
德国	6.4	6.0	6.0	3.3	2.6	2.6

资料来源：新京报 2009 年 11 月 27 日《中国减排目标考验 GDP 增长》，转引自中国社科院气候变化绿皮书。

5.4.1.3 矿产资源企业的循环经济实践取得长足进步，但仍需大力发展

循环经济是工业与社会可持续发展的一种新的经济理念，2008 年 8 月我国通过并颁布了《中华人民共和国循环经济促进法》，以法规的形式提出了促进循环经济发展，提高资源利用效率，保护和改善环境，实现可持续发展的目标要求。这是对循环经济实践活动的大力推进，在我国的一些矿产资源企业也积极采取措施，如攀钢矿业公司对"尾矿库"无害化堆存、江西铜业集团在有效利用"三废"基础上形成的循环化系统等。但是，由于监督不足和投入不够，我国矿业领域循环经济的效益也未全部实现。（见表 5—11）

循环经济是通过集约化方式实现矿产资源合理利用和可持续利用的重要措施。以提高矿产资源综合利用效率的循环经济发展所必需的金融政策支持目标，应该体现为：经济利益与社会利益相结合，短期利益与长远利益相结合，促进矿产资源开发利用的技术更新和节能减排等相关措施的有效实施。

表 5-11　我国主要矿产的采收率、采选回收率指标状况（%）

矿种	采矿回采率	选矿回收率/选冶综合回收率	采、选、冶综合回收率
铁矿	55	100	57
锰矿	62	74	46
铬铁矿	41	85	35
铜矿	59	88	52
铅矿	64	86	55
锌矿	67	86	58
铝土矿	77	50	38
镍矿	86	77	66
钨矿	49	79	39
锡矿	45	67	30
锑矿	57	85	48
金矿	68	88	60
银矿	64	85	54
铂族	28	80	22
稀土金属	96	70	67
菱镁矿	54	100	54
萤石	60	68	41
耐火黏土	49	100	49
硫铁矿	54	74	40
磷矿	48	88	42
钾盐	90	70	63
硼矿	53	49	26
钠盐	9	46	4
水泥灰岩	76	85	65
金刚石	74	81	60
石棉	63	85	54
滑石	58	70	41

资料来源：中国矿业联合会、国土资源部信息中心（2005）。

说明：选矿回收率：精矿中的有用部分（或金属）数量占原矿中有用（或金属）数量的百分比。

5.4.2 加强矿产资源综合利用的金融政策建议

5.4.2.1 基于循环经济的商业银行信贷创新

当前，银行信贷创新应当按照循环经济新理念来设计银行信贷产品，创造银行信贷新的管理模式，才能在推进循环经济与创新银行信贷之间获得相对平衡。首先要对信贷产品组合进行创新。循环经济的核心在于产业链的纵向延伸和横向耦合。在此情况下，银行要适应服务对象的变化，关键在于着力对信贷产品组合长度和宽度进行调整，积极而稳妥地引入循环贷款的新组合，以保持信贷服务与循环经济发展要求相衔接。其次要在银行信贷管理上取得新突破。银行在试行循环贷款中，必须对循环贷款实行专业化管理，应当紧紧把握如下三个环节：首先是资金管理。如何测算附着于产业链的若干相关企业的资金需求量，是今后银行对循环贷款实行资金管理的重点。其次是项目管理。银行对产业链或产业圈发放中长期循环贷款，应当按照项目贷款进行管理，特别是要做好项目可行性评估和评价工作，严把资金"投入关"。然后是风险管理。循环贷款作为信贷链向产业链渗透所形成的一种信贷新组合，其风险形式集中表现为连锁风险，银行要逐步在连锁风险的引发点与波及面之间构建一种阻抗机制，努力将连锁风险"扩散"效应降到最低限度。

5.4.2.2 基于循环经济发展模式的开发性金融创新

开发性金融创新的意义在于它与发展模式的密切性，即其可以更紧密地根据循环经济发展模式进行金融支持策略设计。其创新途径，大致可以通过规划先行、信用建设和融资推动三个环节在矿产资源企业之间和内部形成生态产业链条。一方面能够发挥开发性金融机构现有的业务优势，采用硬贷款、技援贷款、转股期权贷款、企业债券发行、风险投资基金等多种融资模式；另一方面能够利用开发性金融机构参与矿产资源开发利用项目积累的丰富经验，采用借款人"直接借款—用款—还款"或借款人转贷的贷款模式。对于大型企业集团，可以采用集团统借统还、"平台直接借款—用款—还款"或"平台借款—子公司（或其他关联公司）用款—平台还款"的贷款模式。对于一般企业贷款，根据循环经济项目的投资外溢性的特征，寻求当地政府、银行、企业的共同参与。

5.4.2.3 充分发挥金融市场功能，促进矿产资源集约型开发

如果矿业经济的粗放经营可以维持，且粗放经营下的利润仍然可观，那么，真正的节能减排技术和新的资源替代技术由于实施成本较高将会不被采用。因此，有必要借鉴国际上的碳交易机制，研究探索我国排放配额制和发展排放配额交易市场，将环境保护成本体现在矿产品价格之中。另一方面，促进实体经济与虚拟经济的结合，通过矿产资源开采权和经营权的适度证券化，补充矿业企业用于资源集约型开发的所需资金来源，使之有钱有实力进行节能减排方面的技术改造；同时，通过风险资本等金融市场功能，调整不同经济主体的利益关系，抑制高污染、高耗能、高排放矿产资源项目，促进符合环保要求和有利于节能减排的新技术脱颖而出。

5.5 小结

本章主要研究全面促进矿业经济和谐发展的相关配套改革。具体内容包括：

5.5.1 钢企重组

我国钢铁产业集中度低加剧了钢铁行业内企业之间的无序竞争，削弱了钢铁行业作为买方在铁矿石价格谈判时的能力。企业重组是提高钢铁产业集中度的一个重要方法。近期我国银行"并购贷款"的放闸，为我国钢铁行业按市场规律进行兼并重组创造了切实可行的条件。

5.5.2 完善钢铁期货

回顾总结了我国矿产期货交易市场发展现状，提出了加快金融创新、完善钢铁期货市场发展建议，并运用实证分析方法对矿产企业参与金融资产投资的综合风险进行测算。

5.5.3 加强矿产储备基金运作

在完善矿产储备基金运作机制方面，首先论述了矿产资源储备与国家资源安全的关联性，在借鉴国外矿产资源储备经验的基础上，对我国矿产资源储备资金的筹措与运作进行分析，着重实证研究了矿产储备平准基金对资产价格的影响，论证了其所具有的稳定矿产品市场和降低矿产品市场波动性的效果。

5.5.4 以金融手段支持矿产综合利用及循环经济

在促进矿产资源综合利用和循环经济发展的金融支持研究方面，首先分析了我国矿产资源综合利用现状，指出综合利用开发矿产资源尚有很大潜力，并在此基础上提出加强矿产资源综合利用的金融政策建议：基于循环经济的商业银行信贷创新和开发性金融创新，以及充分发挥金融市场功能，促进矿产资源集约型开发。

6 结论

6.1 本研究取得的主要结论如下：

（1）首先，在宏观经济方面，现代金融可以有效降低信息成本和交易成本，消除市场摩擦，从而促进经济增长。其次，在金融对产业结构影响方面，金融活动主要作用于资金分配，进而作用于其他生产要素的分配，从而影响产业结构；通过三部门资产负债表的汇总也可分析论证金融对微观实体影响的传导机制。经过 30 多年的改革开放，我国目前已初步建立了社会主义市场经济体系，金融深化程度也有较大提高，金融对矿业经济的关联与影响日趋加深。

（2）运用产业资本溢出效应的估计模型估算我国近期的投资变动趋势和行业结构间的变化状况，重点分析了煤炭开采和洗选业、非金属矿采选业，石油、天然气、主要金属矿产开采业的资本溢出系数，结果表明行业资本的溢出系数反映和基本符合目前我国矿产资源现状：即煤炭与非金属矿资源的自身储量相对充足，而石油、天然气、主要金属矿产资源严重"短板"，是国民经济发展中的瓶颈。

（3）中国的工业增长是资本与资源的共同驱动型。在包括资源环境约束的 IS—LM—EE 模型中引入矿产等资源约束后，不仅宏观经济政策的效果会发生变化，需要有不同的宏观经济政策组合，而且还会影响到国家进行宏观调控的方式。对于在经济增长中矿产等资源环境要素起到很大作用的我国来说，仅靠财政和货币的手段解决经济调控问题，其效果难免要大打折扣，应对矿产因素予以足够的重视。

（4）充分利用矿业资本市场是我国矿业企业做大做强的必然选择，也是矿业行业规范和整合的必然选择。在证券市场监管方面，对于具有较高风险的矿业来说，要根据行业特点在监管制度上进行严格化和完善化。

（5）为进一步促进我国矿产勘察模式改革，切实可行的做法是：国家应承担社会公益性、战略性地质勘察工作的项目投资，企业积极利用开拓风险资本承担自身的找矿风险。同时，矿产勘察开发和海外收购的风险投资是在不确定性环境下的不可逆投资，因而可以运用实物期权的分析矿产勘探开发和海外收购的投资决策过程，应用实物期权的思想与方法对企业的矿源勘探开发风险投资进行评价与决策，企业能够根据不确定性的随机变化动态作出决策，这使得风险投资管理具有柔性。

（6）由于矿业海外投资环境的复杂性，目前我国应综合运用商业性和政策性金融于海外融资等方面。中国政府应在世贸规则框架下以政策性金融为主导、综合运用多种金融手段，降低起始风险点并吸引社会资金参与其中，来解决对外直接投资过程中的资金和风险保障这两大"瓶颈"问题。

（7）还应做好其他配套工作，主要包括：用好"并购信贷"政策，提高我国钢铁行业的集中度；加快金融创新，注重矿产企业参与金融资产投资的综合风险；完善我国矿产资源储备资金的筹措与运作机制；全面促进矿产资源综合利用的金融支持。

6.2 本书创新点

（1）较为系统地论述了金融与矿业经济的关联与影响；

（2）通过实证分析得出中国的工业增长是资本与资源

的共同驱动型结论；

（3）实证分析了在"走出去"战略中商业性与政策性金融手段综合运用问题；

（4）第一次提出矿产资源储备平准基金的作用机制，实证分析其对资产价格的影响；

（5）在金属期货风险控制中，基于审慎性原则，提出了"市场风险 + 操作风险"综合评估法，可以有效监督并规避风险。

6.3 本书不足点

由于时间、资料等因素及笔者研究水平等所限，在矿业经济可持续发展研究的理论应用、深度和系统性方面尚有不足之处。主要表现在：

（1）在实证研究方面，受限于数据可得性，对矿业行业的划分分析过于笼统，在一定程度上对实证结果有所影响。

（2）对当前金融海啸对我国矿业经济的实际冲击与影响有待进一步地深入研究。

6.4 本书拓展方向

（1）在系统总结研究当前金融海啸对我国矿业经济实际冲击与影响的基础上，结合我国宏观振兴产业规划，综合分析评价我国矿业经济与金融支持体系有效运行的兼容程度。

（2）随着经济全球化进展的加快，对我国矿业发展的涉外金融服务提出了更高要求，如矿产品贸易的币种结算、离岸金融中心的建立、财团信贷的架构等，以及在此背景下的诸多金融创新，应值得密切关注和深入研究。

（3）在进一步深入研究分析矿业经济与金融相互关系与影响的同时，还应在基础分析上进行更为广泛的考察，从多元化角度出发，引申相关的财政、规划等其他经济政策手段的相互影响与作用。

提高重要矿产可持续供应能力

一、实施矿产资源开发利用总量调控的重要意义

矿产资源开发利用总量调控是矿产资源规划的重要内容，是指以保持矿产资源开采总量与经济社会发展水平相适应为目标，根据国家或地方资源特点、市场需求、产业政策等要求，对重要矿产资源开采量和矿业权审批进程实行控制管理。我国既是矿业生产大国和消费大国，同时又是矿产品进出口大国。首轮矿产资源规划的实施经验和大量基础研究表明，实行矿产资源开发利用总量调控，加强重要矿种的宏观调控，对保障发展、保护资源、保持矿产资源开采总量与经济社会发展水平相适应，提高矿产资源可持续供应能力具有重要的意义。

其一是有助于提高紧缺矿产的保障能力。当前，我国

矿产资源开发还不能满足国民经济发展对部分重要矿产品的需求，部分紧缺矿产供需缺口较大，对国外矿产进口的依存度不断增加。2007 年，我国石油对外依存度达到 49%，铁矿石为 52%，锰矿为 56%，铬铁矿为 97%，钾盐为 71%；铜冶炼原料的对外依存度达到 61%（进口矿品位按 30% 计算），比 2006 年提高了 2 个百分点；炼铝原料的对外依存度约为 55%，比 2006 年提高了 11 个百分点，而且这种趋势在进一步加剧。过量地依赖进口必将会影响到国家的国防安全和国家经济安全。而我国矿产资源潜力很大，具有提高保障程度的有利条件，主要矿产资源总体查明程度约为三分之一，多数重要矿产资源勘察开发潜力较大。通过总量调控引导企业促进紧缺矿产资源开发和利用，有利于提高紧缺矿产的保障能力。

其二是有利于保护资源，促进优势矿产的资源优势转化。长期以来，我国优势矿产资源过量开采、低水平利用和过量出口问题比较严重，优势资源过早、过快耗竭，廉价资源大量流失，资源储备严重不足。据 2007 年统计，国家规定实行保护性开采的特定矿种钨、锡、锑，其基础储量与当年实际开采量之比，即静态保证程度分别为 14 年、12 年与 6 年，资源优势已经不复存在，形势严峻。2000 年以来，根据矿产资源规划，国土资源等部门在钨矿开发秩序治理整顿、制止乱采滥挖、限制过量生产和过量出口等方面加大工作力度，使钨精矿产量和钨品出口得到一定程度的控制，促使国际市场上钨的供求关系有利于生产和出口，钨价从最低谷的40美元／吨逐渐上涨到255美元／吨甚至更高的价位。国内钨价也从低谷2002年的1.6万元／吨一路上涨到高峰2006年底的10万元／吨，初步改变了"优势不优"的状况，促进了优势矿产的资源优势向经济优势转化。因此必须依据市场需求和我国矿产资源状况及时调控矿产品生产总量，有效保护优势资源，合理调控优势资源生产量和出口量，使得反映市场需求的矿产品价格在合理的范围内波动，充分发挥优势矿产的资源优势。

其三是有助于调整矿业结构，促进矿业可持续发展。当前，矿业结构比例关系失调，找矿滞后于采矿，采矿滞后于选冶加工，致使接替和后备资源不足，这种矿产资源勘察、开采、冶炼、加工和利用等环节上的不平衡，导致上下游产业的脱节，造成矿业结构不合理，部分矿产资源每年新增探明储量与开采量的比例失调，资源枯竭速度加快，石油、铁、锰、铬、铅、锌、镍、钨、锡、锑、稀土和黄金等矿产资源查明储量增长缓慢，甚至逐年下降。据统计，铜矿资源静态可开采年限为 17 年，铅为 7 年，锌为 9 年，铝土矿为 6 年，在已探明的有色金属资源中已无矿可建，形势不容乐观，使矿业难以实现可持续发展。就铝土矿而言，近年来我国氧化铝生产发展很快，投资过热导致电解铝生产过快发展，供应过剩问题越来越严重，不少氧化铝生产企业为了达到高产增效的目的，采富弃贫，乱采滥挖，浪费资源，从而加剧了铝土矿资源的枯竭。因此，必须从矿产资源勘察入手，重点抓住开采环节，通过调控开采总量引导下游冶炼加工产业发展，优化生产要素配置，促进矿业结构调整。

其四是有助于保护矿区生态环境，促进人与自然和谐发展。矿产资源大量开发带来的矿山生态环境问题依然相当严重，这些问题已经影响到矿区人民的生活和社会的可持续发展。实施矿产资源总量调控，通过限制或禁止开采一些对环境影响和破坏较大的矿产，有效保护矿山生态环境，有助于维护社会稳定。

二、合理确定矿产资源总量调控方向

在市场经济条件下，矿产品适度短缺，有利于资源节约和矿业的发展。规划充分考虑市场配置资源的基础性作用，提出鼓励、限制和禁止勘探开采的矿种，加强对矿产资源勘探开采活动的科学引导。

其一是将供给不能满足需求、需要大量进口的紧缺矿产列为鼓励勘察开采的矿种进行调控，根本目的是提高重要矿产资源可持续供应能力。如以石油、天然气、煤炭、铁、锰、铜、铝、铅、锌、镍、钨、锡、金、钾盐、磷等为重点矿种，合理部署和加强勘察。稳定或提高石油、天然气等能源矿产的开采能力，最大限度地保障国家经济建设对能源的需求，鼓励开采铁、铬等金属矿产和钾盐等非金属矿产，扩大开采规模，满足工农业生产的需要。

其二是从以下方面来确定保护与限制性开采矿种：供过于求、生产严重过剩的；需要限制出口，稳定价格、保护资源的；需要节约利用、集约开发和循环利用的矿产资源；限制开采有利于促进矿产品供给结构优化的；限制开采有利于促进产业结构调整的。规划在此基础上，将一些特殊煤种和稀缺煤种、钨矿、锡、锑、稀土、铝土矿、石墨等矿产列为限制性开采矿种。同时，规划强调要加强对铟、锗、锆、钒等稀散稀有金属矿产的保护，其主要原因是我国稀散稀有金属资源丰富，探明储量都居世界前列。

尤其是许多制约着现代高科技发展和军事用途广泛的稀有金属蕴藏量在世界上所占比例很大，为保持资源优势，从加强战略储备角度也需要限制这些矿产的开采总量。

其三是从环境保护角度，规划禁止新建对生态环境产生不可恢复的破坏性影响的矿产资源开采项目。将资源开发对环境影响破坏较大的矿种列为限制禁止勘探开采矿种。限制开采砂金、砂铁以及其他一些重砂矿物，禁止开采蓝石棉、可耕地的砖瓦用黏土等矿产，保护人居环境，促进社会和谐稳定。

规划中科学制定了重要矿产资源开发利用的总量控制指标，而且调控指标有保有压，对鼓励性开采矿种提出预期性指标，对限制和禁止开采矿种提出约束性指标。并且主要针对国家规定实行保护性开采的特定矿种和优势矿产，重点对影响开采总量的矿产品消费需求、市场价格、保有资源储量、矿山生产能力、出口量以及资源综合利用等各方面因素进行了深入研究，提出了矿产开采总量指标以及矿业权投放的控制要求，保证规划调控目标的实现。

规划中总量调控目标实现的关键在于行之有效的政策措施，需要综合运用经济、法律和行政手段，对保护性开采的特定矿种和优势矿种提出限制开采和控制的要求，对紧缺矿产的勘探开采提出鼓励性的政策措施，来加强对鼓励开采矿产的开发利用，加大对限制开采矿产的规范力度，严禁对禁止开采矿产的开发活动。

（一）对大中型矿山企业实行重点监控

大中型矿山企业是矿业的主体，应按照年度产量控制指标编制分年度计划报有关主管部门，政府应加强对大中型矿山企业总量控制指标执行情况的监督检查，定期调查与监测采矿总量调控实施情况，同时加强矿山储量动态监测管理。

（二）加强总量调控矿种开采的监管力度

继续深入开展整顿和规范优势矿产矿山开采秩序，依法取缔无证开采等违法勘探开采行为，依法查处以承包等方式擅自将采矿权转给他人进行采矿的行为，制止乱采滥挖；从源头上对采矿许可证的投放进行严格管理，对已经取得采矿权证，但浪费资源、破坏环境、安全生产设施不全的矿山企业，要依法予以处罚。总量控制不仅要控制产量，更要从矿业权的管理着手，调节产量与产能之间的关系，要对生产环节进行严格监管，对超指标进行开采的企业，可在下一年度的指标中扣除。要加强部门配合，清理整顿优势矿产生产经营秩序和在建项目，依法取缔未经审批和无照经营的优势矿产加工产品生产、经营单位。

（三）建立优势矿产开采和出口总量调控机制

要根据市场形势，建立矿产资源开发利用和出口管理机制，对优势矿产适时调整开采总量，严格控制出口总量，加强出口配额管理，严禁超计划开采和过量出口。如商务部从 2007 年开始对钼实行出口配额控制，从 2007 年 6 月开始对钼原矿实施 15% 的出口暂定关税，对调控钼矿开采总量起到了很好的促进作用；积极引导矿山企业提高调控开采和出口总量意识，变资源优势为经济优势；政府主管部门和矿业协会定期发布矿业开发与矿产品市场需求信息，引导矿业投资方向；通过对"引进来，走出去"的统筹安排，推进矿产资源利用的对外开放，避免矿产品价格的恶性竞争；做好矿山储量动态监测和矿业权核查工作，为科学调控矿产资源开采总量提供基础支撑。

（四）合理分解落实总量调控指标

规划要统筹勘探开采的政策，逐级落实总量调控指标。根据矿产资源供需情况，结合矿业经济增长速度和矿业产值目标，合理确定探矿权、采矿权的投放数量和布局。对国家和本省限制开采的矿产，各地应根据实际情况，将国家下达与省拟定的年度产量控制指标分解落实到各规划分区和主要矿山，并严格监督落实，保持资源优势，防止不合理开采。如首轮规划中，湖北、山西和山东等省，把总量调控指标在市、县进行了科学分解，并在市县级规划中落实到了大中型主产矿区，调控效果显著。按照下级规划服从上级规划的根本原则，省级规划总量调控方向要与全国规划保持一致，相关主产省份要落实和充实对国家限制开采矿种的政策，与全国规划不一致的要调整对这些矿种的规划方向。指标的分解和落实要依据矿山企业状况、开发利用情况和资源利用水平等因素进行，适当向规模大、资源开发利用效率高、综合利用好的地区和企业倾斜。

国家开发银行、中国出口信用保险公司关于进一步加大对境外重点项目金融保险支持力度有关问题的通知

开行发〔2006〕11 号

国家开发银行总行营业部、各分行、代表处，总行各部门，中国出口信用保险公司总公司营业部、各分公司、各营业管理部：

为鼓励和支持我国企业开展对外投资，满足我国企业融资和海外投资风险保障的需要，现将有关事项通知如下：

一、国家开发银行和中国出口信用保险公司共同建立境外油气、工程承包和矿产资源等项目金融保险支持保障机制，为国家鼓励的重点境外投资项目提供多方位的金融保险服务。

二、所有依法成立的企业，均可申请金融保险支持服务。国家开发银行和中国出口信用保险公司根据企业的不同需求和投资项目的具体特点提供如下服务：

（一）为项目提供股本和债务融资支持，以及与项目相关的汇率、利率风险管理等金融衍生工具服务；

（二）为项目提供海外投资保险风险保障机制及其他风险规避措施；

（三）向企业提供境外经营环境、政策环境、项目合作机会、合作伙伴资质等信息咨询服务；

（四）负责项目融资安排和提出风险控制方案，包括组织国际银团贷款、项目融资和结构安排等方式，提供稳定、高效的金融保险支持；

（五）为项目提供投资所在国国别风险评估意见。

三、国家开发银行和中国出口信用保险公司重点支持以下领域的项目和企业：

（一）油气、重要矿产资源、原材料、林业等能弥补国内短缺资源的资源开发项目；

（二）以资源做还款担保的基础设施项目和境外生产性项目；

（三）能加快开拓和有效利用国际市场、增强国际竞争力的境外资源收购、兼并和工程承包项目；

（四）关系到政府间双边或多边经济合作的项目；

（五）国资委监管的中央直属企业集团、地方大型企业集团和其在境外设立的项目公司等具有资金、技术、管理、品牌优势的实力企业。

四、申请使用国家开发银行和中国出口信用保险公司共同支持的境外贷款基本程序如下：

（一）在中华人民共和国境内注册的企业法人向国家开发银行提出贷款申请，并向中国出口信用保险公司提交投保申请书；

（二）国家开发银行和中国出口信用保险公司进行项目审核后，将审核意见反馈企业，对于出口信用保险公司出具承保意向书或兴趣函的项目，国家开发银行优先考虑向企业出具贷款意向函；

（三）项目获得国家有关部门核准后，由国家开发银行确定项目贷款条件，企业根据中国出口信用保险公司的要求正式履行投保手续。

五、对于符合以上要求的项目，国家开发银行将优先考虑提供贷款支持，中国出口信用保险公司将根据项目所在国的具体情况提供年保险费相对优惠的海外投资保险支持。

六、本通知由国家开发银行和中国出口信用保险公司负责解释，自发布之日起执行。

2006 年 1 月 18 日

附录三

投入产出表及矿业上市公司财务状况表

2002 年我国国民经济投入产出表局部之一

（单位：万元）

投入 ＼ 产出 产品部门	代码	中间使用						中间使用合计
		煤炭开采和洗选业 02	石油和天然气开采业 03	金属矿采选业 04	非金属矿采选业 05	其他行业		TIU
产品部门	代码	02	03	04	05			TIU
农业	01	305197	64	77933	17287	…		163387352
煤炭开采和洗选业	02	1011979	186662	64060	41816	…		32317460
石油和天然气开采业	03	9607	322143	30022	63101	…		40323637
金属矿采选业	04	0	0	978693	0	…		17826483
非金属矿采选业	05	28957	2654	10269	772670	…		15448545
食品制造及烟草加工业	06	3940	14028	6182	0	…		61329095
纺织业	07	23448	64796	10782	14732	…		64729871
服装皮革羽绒及其制品业	08	129048	125571	71161	78637	…		16779881

产出／投入	产品部门	中间使用					
		煤炭开采和洗选业	石油和天然气开采业	金属矿采选业	非金属矿采选业	其他行业	中间使用合计
木材加工及家具制造业	09	264976	39489	31869	31734	…	30456320
造纸印刷及文教用品制造业	10	58092	71140	46413	76639	…	59127880
石油加工、炼焦及核燃料加工业	11	446716	687906	982680	497089	…	61111226
化学工业	12	918833	480971	723344	1454484	…	210343221
非金属矿物制品业	13	322616	123297	108605	163207	…	52471743
金属冶炼及压延加工业	14	1659288	599256	315200	113736	…	161189357
金属制品业	15	754646	254288	298020	132655	…	49883969
通用、专用设备制造业	16	1471976	817770	595518	693387	…	85230018
交通运输设备制造业	17	327627	280907	268198	330075	…	60907274
电气、机械及器材制造业	18	817540	485014	112812	137881	…	51691934
通信设备、计算机及其他电子设备制造业	19	111284	123700	43939	40303	…	93110539
仪器仪表及文化办公用机械制造业	20	214325	333218	59995	40566	…	14652547
其他制造业	21	162402	40848	64316	91772	…	9795030
废品废料	22	311	393	612	765	…	8229612

投入\产出	产品部门	中间使用					
		煤炭开采和洗选业	石油和天然气开采业	金属矿采选业	非金属矿采选业	其他行业	中间使用合计
电力、热力的生产和供应业	23	2682315	1517528	1541600	775673	…	69604375
燃气生产和供应业	24	315	31526	18602	8539	…	1836089
水的生产和供应业	25	47913	38343	36846	35766	…	4675739
建筑业	26	85337	32602	12922	9714	…	18414894
交通运输及仓储业	27	1679454	462439	539454	1091612	…	106073222
邮政业	28	26107	7595	5374	5694	…	3131557
信息传输、计算机服务和软件业	29	393471	203069	51264	444323	…	42434888
批发和零售贸易业	30	1059166	424698	383808	469845	…	107596154
住宿和餐饮业	31	378110	124757	125348	209304	…	33721541
金融保险业	32	587232	595826	197772	231952	…	63077584
房地产业	33	30586	8314	5271	13023	…	20759945
租赁和商务服务业	34	307790	314462	78940	151576	…	38694194
旅游业	35	0	0	0	993	…	1549349
科学研究事业	36	14064	50696	8468	9868	…	1591647
综合技术服务业	37	394102	278381	142297	64034	…	9761212

投入＼产出	产品部门	中间使用					
		煤炭开采和洗选业	石油和天然气开采业	金属矿采选业	非金属矿采选业	其他行业	中间使用合计
其他社会服务业	38	275289	202688	78213	87844	…	18122530
教育事业	39	130462	34799	34903	30514	…	4440167
卫生、社会保障和社会福利事业	40	129021	9742	65845	10347	…	3203670
文化、体育和娱乐业	41	42872	31896	44155	61173	…	6684221
公共管理和社会组织	42	0	0	0	0	…	0
中间使用合计	TII	17306415	9423477	8271704	8504332	…	1915715976
劳动者报酬	VA001	14198124	4497871	2837029	4162017	…	589504993
生产税净额	VA002	321492	4023224	967905	1200841	…	174622113
固定资产折旧	VA003	121215	5163993	850406	980404	…	187405672
营业盈余	VA004	8161843	9524488	1597790	1057321	…	267056263
增加值合计	TVA	22802674	23209577	6253129	7400583	…	1218589041
总投入	TI	40109089	32633054	14524833	15904914	…	3134305017

说明： 投入产出调查和编制投入产出表是经国务院批准的一项长期性和周期性工作。1987 年 3 月，国务院办公厅发出了《关于进行全国投入产出调查的通知》（国办发 [1987]18 号），明确规定每 5 年（逢 2、逢 7 年度）进行一次全国投入产出调查，编制投入产出基本表。《中国 2002 年投入产出表》是继 1987 年、1992 年、1997 年投入产出基本表之后，国家统计局编制的第四张全国投入产出基本表。

煤炭采选类上市公司财务情况表

公司代码	上市公司	资产	负债	近年资产负债率（%）				净资产收益率(%)
				2008 年	2007 年	2006 年	2005 年	
000552	靖远煤电	55133	23465	42.56	36.59	44.87	79.92	10.88
000780	ST 平煤	398657	192762	48.35	49.44	´79.20	91.22	17.37
000933	神火股份	158442	1124941	70.91	69.77	72.73	51.74	38.07
000937	金牛能源	1100354	536104	48.72	39.26	32.90	25.76	34.76
000983	西山煤电	1553911	668718	43.03	45.45	47.54	47.81	33.57
002128	露天煤业	43338	196337	45.27	40.97	64.25	65.41	21.22
600188	兖州煤电	3130961	602022	19.22	22.35	21.32	18.45	26.33
600395	盘江股份	297317	103904	34.94	30.20	29.37	31.85	27.68
600997	开滦股份	1065440	614000	57.62	54.19	51.88	44.84	27.20
601001	大同煤业	1331418	744797	55.94	47.55	48.93	66.08	25.15
601088	中国神华	26666400	10112800	37.92	37.92	48.57	47.93	15.57
600381	ST 贤成	35821	58902	−43.41	164.43	204.97	199.03	224.34
601699	潞安环能	1584853	1025507	32.67	64.71	54.26	56.73	68.13
600508	上海能源	714421	335416	23.94	46.97	45.47	46.08	57.31
600123	兰花科创	922193	520750	26.01	56.46	52.91	48.97	41.92
600971	恒源煤电	460996	325288	13.9	70.56	72.07	51.56	32.99
600348	国阳新能	938782	627756	31.57	66.87	48.38	44.91	52.39
601666	平煤股份	1487247	719502	25.22	48.37	42.56	37.79	47.75
600121	郑州煤电	395665	224102	9.33	56.64	52.96	38.17	43.85
601898	中煤能源	936927	2882219	30.76	40.93	46.20		9.46

钢铁行业（压延加工业）上市公司财务情况表

公司代码	上市公司	资产	负债	近年资产负债率（%）				净资产收益率(%)
				2008 年	2007 年	2006 年	2005 年	
000569	长城股份	243675	190172	−12.35	78.04	72.03	71.22	64.20
000629	攀钢钢钒	2483790	1335468	5.63	53.76	52.68	54.65	40.12
000708	大冶特钢	379838	194904	15.87	51.31	52.16	55.31	69.47
000709	唐钢股份	4432170	3074707	18.27	69.37	66.32	66.22	63.97
000717	韶钢松山	2027823	1247827	6.21	61.53	56.01	57.68	59.47
000761	本钢板材	3433561	1714738	7.47	49.94	42.97	41.16	30.82
000778	新兴铸管	1463307	836473	9.05	57.16	48.92	49.08	55.13
000825	太钢不锈	6422390	4154023	11.73	64.68	69.37	66.92	49.96
000898	鞍钢股份	9355500	3518400	14.14	37.60	37.48	48.40	20.71
000932	华菱钢铁	5697297	4022501	8.39	70.60	62.16	66.23	66.86
000959	首钢股份	1863458	1059333	7.28	56.85	55.90	64.92	59.00
000961	大连金牛	375791	257361	2.02	68.48	68.45	69.16	69.92
002110	三钢闽光	821318	506545	17.88	61.67	58.21	58.70	60.64
600001	邯郸钢铁	2806196	1562496	6.61	55.68	53.02	52.90	54.27
600005	武钢股份	7173979	4206964	24.20	58.64	60.23	39.52	44.87
600010	包钢股份	4038736	2570094	8.54	63.63	58.14	42.98	47.68
600019	宝钢股份	22183279	11748736	12.74	52.96	49.77	47.50	44.42
600022	济南钢铁	2251426	1627833	23.21	72.30	67.57	71.06	72.03
600102	莱钢股份	2030954	1373788	13.41	67.64	64.03	63.29	64.42
600117	西宁特钢	1005929	682024	10.22	67.80	68.32	68.18	62.27
600126	杭钢股份	1031745	621397	10.75	60.22	56.38	56.93	50.70
600231	凌钢股份	540306	219393	9.63	40.60	20.16	21.37	20.89
600282	南钢股份	1293805	805052	13.23	62.22	60.25	62.61	57.50
600307	酒钢宏兴	1047317	542701	7.96	51.81	49.78	45.73	45.15
600399	抚顺特钢	496239	336503	1.65	67.81	66.84	66.51	68.57
600569	安阳钢铁	2967020	1864609	6.43	62.84	65.27	53.85	48.66
600581	八一钢铁	1203841	880753	15.88	73.16	73.38	69.15	56.39
600782	新钢股份	2265627	1458221	8.50	64.36	57.48	57.75	50.38
600808	马钢股份	7514388	4940526	12.11	65.74	67.00	62.13	51.07
600894	广钢股份	568650	410208	4.31	72.14	65.65	67.79	66.39
601003	柳钢股份	1588480	1092697	4.45	68.79	63.52	63.89	66.67
601005	重庆钢铁	1315689	731423	13.62	55.59	52.20	55.03	51.54

2002 年我国国民经济投入产出表局部之二

产品部门 产出 / 投入	最终使用						
	最终消费			资本形成总额		出口	最终使用合计
	居民消费		政府消费	固定资本形成总额	存货增加		
	农村居民	城镇居民					
	FU101	FU102	FU103	FU201	FU202	EX	TFU
农业	49328792	55311145	1641611	7727341	3319720	4741965	122070573
煤炭开采和洗选业	725778	1427774	0	0	1635522	1576011	5365085
石油和天然气开采业	0	447745	0	0	100969	1209884	1758599
金属矿采选业	0	0	0	0	192582	186781	379363
非金属矿采选业	52862	197464	0	0	−5879	1511538	1755986
食品制造及烟草加工业	24895831	46839594	0	0	2698465	8934890	83368780
纺织业	2766728	5816960	0	0	−64413	27199313	35718588
服装皮革羽绒及其制品业	3732045	19994003	0	0	190262	27751757	51668067
木材加工及家具制造业	802650	3194394	0	1219875	−67234	6663697	11813381
造纸印刷及文教用品制造业	739132	3497959	0	0	1004177	9870853	15112122
石油加工、炼焦及核燃料加工业	415227	937976	0	0	−435892	2630030	3547341

产出\投入	最终使用						最终使用合计
	最终消费			资本形成总额		出口	
	居民消费		政府消费	固定资本形成总额	存货增加		
	农村居民	城镇居民					
化学工业	4982991	9496691	0	0	2433750	21763899	38677331
非金属矿物制品业	995232	4602802	0	0	-1465234	4177256	8310056
金属冶炼及压延加工业	74966	159186	0	0	-89348	4612076	4756880
金属制品业	682088	3014683	0	3215875	53006	10657972	17623625
通用、专用设备制造业	97529	605782	0	62486278	1434471	13072703	77696762
交通运输设备制造业	2133739	4655886	0	27772693	2232034	6534587	43328940
电气、机械及器材制造业	1675673	7308690	0	6869617	-86817	20328524	36095687
通信设备、计算机及其他电子设备制造业	2028696	10182529	0	26338193	3477000	49677081	91703499
仪器仪表及文化办公用机械制造业	230452	604968	0	2351017	385149	14835377	18406964
其他制造业	921257	4113922	0	1375175	490995	4215029	11116378
废品废料	0	0	0	0	0	53019	53019
电力、热力的生产和供应业	2073460	9203126	0	0	0	512777	11789363
燃气生产和供应业	0	1566024	0	0	86184	0	1652208
水的生产和供应业	217195	1247946	0	0	0	0	1465141
建筑业	0	0	0	272753592	0	1045919	273799511
交通运输及仓储业	3911274	12073291	3061651	1975652	424044	14164689	35610601

产出　　　　投入	最终使用						
	最终消费			资本形成总额		出口	最终使用合计
	居民消费		政府消费	固定资本形成总额	存货增加		
	农村居民	城镇居民					
邮政业	772497	950728	0	0	0	354137	2077363
信息传输、计算机服务和软件业	1376143	8222226		2547883	0	1293904	13440156
批发和零售贸易业	8289314	21811525	0	9547810	1385486	25333495	66367631
住宿和餐饮业	5861824	26729111	0	0	0	3545279	36136214
金融保险业	5371883	9431639	0	0	0	218132	15021653
房地产业	20419192	23338895	0	8878852	0	0	52636940
租赁和商务服务业	464924	1121152	1018757	0	0	8742672	11347505
旅游业	273593	4280485	0	0	0	1200780	5754857
科学研究事业	0	0	4974296	990230	0	0	5964526
综合技术服务业	0	0	12311421	270917	0	0	12582337
其他社会服务业	5426070	18181648	6322518	0	0	8353305	38283541
教育事业	5945095	21994855	34085994	0	0	143255	62169200
卫生、社会保障和社会福利事业	3511034	16199727	20268373	0	0	0	39979134
文化、体育和娱乐业	1521832	4233468	4545978	0	0	2025771	12327048
公共管理和社会组织	0	0	102968402	0	0	304817	103273219
中间使用合计	162717000	362996000	191199000	436321000	19329000	309443175	1482005175